六畳間の
侵略者!? 46
JN035092
No 106

「無事に帰らねばならない。
我らの生存能力が試される訳だ」

頭脳派3人、
決死の徒歩行軍

3人の乗るシャトルが撃墜!?

緊急事態の
真相とは……?

「おやかたさまぁああぁぁぁぁあっ!!」

「きゃあああぁあぁあぁぁあっ!!」

「儚い人生であった……」

『流石姐御だホ』

『動じていないホ』

六畳間の侵略者!?46

健速

HJ文庫
1178

口絵・本文イラスト　ポコ

キャラクター勢力図

笠置静香（かさぎしずか）
孝太郎の同級生で
ころな荘の大家さん。
その身に
火竜帝アルゥナイアを宿す。

クラノ＝キリハ
想い人をついに探し当てた地底のお姫様。
明晰な頭脳によって
恋の駆け引きでも最強クラス。

地底人（大地の民）

里見孝太郎（さとみこうたろう）
ころな荘一〇六号室の、
いちおうの借主で
主人公で青騎士。

松平賢治（まつだいらけんじ）
孝太郎の親友兼悪友。
ちょっとチャラいが、
良き理解者でもある。

松平琴理（まつだいらことり）
賢治の妹だが、
兄と違い引っ込み思案な女の子。
新一年生として
吉祥春風高校にやってくる。

孝太郎の幼なじみ

ころな荘の住人
藍華真希
元・ダークネスレインボゥの
悪の魔法少女。
今では孝太郎と心を通わせた
サトミ騎士団の忠臣。
幽霊状態
魔法少女
（フォルサリア魔法王国）
虹野ゆりか
愛と勇気の
魔法少女レインボーゆりか。
ぽんこつだが、決めるときは決める
魔法少女に成長。
東本願早苗
孝太郎に憑りついていた幽霊の女の子。
今は本体に戻って元気いっぱい。
幽霊少女
ティアミリス・
グレ・
フォルトーゼ
青騎士の主人にして、
銀河皇国のお姫様。
皇女の風格が漂ってきたが、
喧嘩っ早いのは相変わらず。
ルースカニア・ナイ・
パルドムシーハ
ティアの付き人で世話係。
憧れのおやかたさまに
仕えられて大満足。
クラリオーサ・
ダオラ・
フォルトーゼ
二千年前のフォルトーゼを
孝太郎と生き抜いた相棒。
皇女としても技術者としても
成長中。
アライア姫
ナルファ・
ラウレーン
正式にフォルトーゼからやってきた留学生。
孝太郎達とは不思議な縁があるようで……？
桜庭晴海
二千年の刻を超えた
アライア姫の生まれ変わり。
大好きな人と普通に暮らせる今が
とても大事。
宇宙人（神聖フォルトーゼ銀河皇国）

戦艦の再建待ち!?
ROOM No.106
CORONA-SOU

陰謀の足音　十二月二十九日（火）

早苗は怒っていた。根が素直な彼女なので、その感情表現は直接的だ。まるで漫画の登場人物か何かのように、頬を膨らませている。そして彼女はその頬を軽くデスクに押し当てる様な姿で愚痴を零した。

「孝太郎はもうちょっと素直になった方が良いと思う！」

「何故だ？」

そんな早苗の姿を見て、キリハが微笑む。この時の早苗は、キリハの目には微笑ましいものとして映っていた。

「そろそろさ、あたし達のお風呂を覗きたいとかいう願望が出て来てもおかしくはないと思うのですよ！」

早苗の不満は、孝太郎が真面目過ぎる事に向けられていた。もう少し感情を爆発させてくれた方が面白いのではないか、そんな風に思っていたのだ。

「孝太郎は最高司令官だ。大きな戦いを予感している時に、なかなかそういう風には出来ないだろう」

キリハは苦笑する。孝太郎はフォルトーゼの英雄、青騎士だ。政治的にも軍事的にも経済的にも非常に大きな影響力を持つ。更には道徳的にも手本とされている。その孝太郎が自分優先で感情的に振舞えば、あらゆる物事に悪影響を及ぼすだろう。特にこの大きな戦いの直前という状況では、無責任な行動は慎まねばならなかった。

「それは分かるんだけどさー、あたし達が高校三年生だからこそ、こなしておくべき事って絶対あると思うのですよ！　あたしは『きゃー、こうたろうのえっちー』とかやりたいのっ！」

「つまり――我らだけの時ぐらいは、もっと高校生らしく振舞って欲しいと」

「んー、まあ、そういう事になるかな」

早苗も孝太郎に対して、不特定多数へ向けて好き勝手な行動を取れと言いたい訳ではない。特に仲が良い、親しい顔触れに対してくらいは、勝手な姿を見せても構わないだろうと思っていたのだ。

「でも孝太郎ってば素直じゃないんだよ。こないだも一緒にお風呂に入ろうとしたら『悪霊退散』で脅してきたし」

嫁入り前の女の子と一緒にお風呂に入る訳にはいかない――孝太郎はいつもそう言って早苗を風呂場から追い出す。最近までは素直にそれに従っていた早苗だが、孝太郎がナナを風呂に入れてやったと知って方針を転換。幽体離脱して壁を抜け、強引に風呂に入り込もうとするようになっていた。だから孝太郎は祖母から貰ったお守りで追い出そうとする。幽体離脱した早苗は『悪霊退散』のお守りに触れると爆発するのだ。

「他に汝を退かせる方法がないからな」

キリハは再び苦笑した。どうやら早苗の直接的な愛情表現は、孝太郎を困らせているようだ。それが微笑ましくもあり、羨ましくもあるキリハだった。

『「早苗ちゃん」は二つの事に怒っているホー!』

『大きいブラザーが牽制してくる事と、未だにお守りが爆発する事だホー!』

お守りの爆発が起こっても、早苗にはダメージが殆どない。この春の入学式の直前ぐらいに事故で爆発が起きたのだが、その時も髪の毛が乱れたくらいで済んでいた。だが爆発が起こるという事実は、孝太郎の認識では幽体離脱状態の早苗は悪霊扱いである事を証明している。小さい爆発という事は相当その認識も薄れている筈だが、早苗にとっては未だに爆発が起こる事そのものが気に入らない。加えて孝太郎が早苗の愛情表現をお守りで回避しようとする事の方にも不満は大きかった。

「なるほど、複雑だな」

「失礼しちゃうんだからっ」

「ふふふ……早苗、少し霊力(れいりょく)を落としてみてくれるか？」

「あいあい」

　実は現在、早苗はキリハに協力していた。キリハは霊子力に関連する機器の調整をしており、豊富な霊力を持つ早苗の協力が必要だったのだ。

「キィ、今度は上手(うま)くいきましたわ。外部から投入された霊力が減ったのに合わせて、霊子力ジェネレーターが出力を上げましたわ」

「サナエ様、細かい出力の調整が必要ですので、適当に霊力を上げ下げして頂けますか？」

　この場所には他にもクランとルースの姿があった。彼女らは現在、先日大きなダメージを負ったウォーロードⅢ改に代わる搭乗(とうじょう)型の人型兵器を組み立てている。ウォーロードⅢ改が負ったダメージは、殆どが孝太郎と真希(まき)の操縦によるものだ。二人の要求する動きに、機体が耐(た)えられなかったのだ。だから修理するよりも、新たな機体を作った方が良いだろうという話になったのだった。

「あいあい～」

早苗は言われた通りに霊力を高めたり、低くしたりという事を繰り返す。早苗の強力な霊力を基準に調整すれば、孝太郎が使う時に問題が起こったりはしない。その辺りが普通の人間を基準に調整されたウォーロード系列の機体との違いになる。しかし当然その分だけ、扱いは難しくなる。孝太郎以外には扱えない機体が完成する予定だった。

この新機体の調整作業には、もちろん孝太郎も参加している。ただ孝太郎の場合は兵士達の訓練に参加していたりもするので、クランの研究室を訪れたのは夕方になってからの事だった。

「それにしても……もう新しい機体のテストを始められるんだな。前の戦いからそんなに経ってないだろ?」

研究室には既に仮組みされた機体があった。まだ装甲などは取り付けられていないので完成してはいないのだが、機能面だけなら既に完成しつつある。だから孝太郎には、新しい機体がこんなに早く出来上がるものなのか、という驚きがあった。

「大まかには既存のパーツや構造を使っているからですわ。何もかもを、新しく作った訳ではありませんのよ」

多くの部分で既存のパーツや設計を使っているからこそ、こんなに早く新機体を作る事が出来た。この事には、フォルトーゼでは設計を補助する人工知能等の技術が発展している事も大きく影響している。交戦データを素早く解析して専用のパーツが必要な部分を絞ったのは、クランが愛用している人工知能だった。

「でも消耗が激しくて新しく作る訳だろう？」

孝太郎は首を傾げる。新機体が必要なのは、前の機体が孝太郎と真希の本気に耐えられなかったからだ。なのに旧来の作りを継承して大丈夫なのか――――この孝太郎の疑問はもっともだろう。そんな孝太郎にルースが笑いかけた。

「おやかたさま、だからこそでもあるのです」

「どういう事ですか？」

「消耗が激しいという事は、頻繁に交換が必要になるという事でもあります。そして仮におやかたさまの能力に合わせて全てを専用のパーツで構成したとしても、交換の頻度が劇的に変わる訳ではありません」

「ああ、そうか……つまり専用のパーツで作って五回交換するか、それとも一般的なパーツで作って十回交換するか、みたいな話ですね」

「はい。特別なパーツは使う場所を絞った方が、運用上は便利なのです」

「なるほど……修理用のパーツが他の機体と共通している方が良いもんな」

確かに全てのパーツを強化するのが理想ではある。だが機械である以上、どうしても避けられない消耗というものがある。だとしたら結局は定期的なパーツ交換は生じる訳なので、交換の頻度を上げれば何とかなる部分はそのまま残した方が良いという事になる。専用パーツは高価で、しかも他に使い道がない。補給の観点では足枷になるので、可能な限りその数を減らしたい。これは戦略的な工夫と言えるだろう。

「ふふふ、ちなみにクラン殿は最初完璧な専用機を作ろうとした」

そう言ってキリハはニヤリと笑う。当初クランは、孝太郎の勝利を確かなものとする為に、専用パーツをふんだんに使った無敵の新機体を作ろうとした。

「キィ！」

この指摘にクランは狼狽して顔を赤らめる。それは出来れば孝太郎には隠しておきたい話だった。

『それをルースちゃんが止めたんだホー！』

『そのおかげもあって、こんなに早く形になったんだホー！』

その無敵の機体はあまりにも高価で、しかも製造に多くの時間を要し、更には運用上の問題も抱えていた。だからルースが調整を施し、クランの方針を可能な限り取り入れつつも、現実的な機体に仕上げた。つまり今、孝太郎の目の前に新しい機体があるのは、ルースの協力があったからこそなのだった。

「こちらとしてもこの設計の方が助かる」

「意地悪ですわよ、キィ！」

「確かに、戦場に辿り着かない完璧な兵器ほど無駄なものはないよな」

兵器というものは基本的に、必要な時に必要な場所に必要な数を届ける事が最優先となる。例えば強力な大砲を何門か作れるとしても、あえて弓矢を大量に作って届ける方が良い場合もあるのだ。この辺りが戦況と補給というものの難しい所だと言えるだろう。

「ベルトリオンまで！　あなた――――」

「だが完璧が必要なものもある。患者に合わせた特注のＰＡＦなんかがそうだ。お前の才能はそっちで使うべきなんだ」

「………」

なおも反論しようとしていたクランだったが、その言葉は途中で終わった。そして次第にその頬が紅潮していく。もちろん怒っている訳ではない。お前の才能はそっちで使うべきなんだ――――その言葉から感じられる強い信頼に、心を揺さぶられたからだった。そのままクランは視線を落とし、自らの髪の毛の先を弄り始めた。

――そんな事を言ったら、メガネっ子は次も無敵ロボを作ろうとするのに……。

技術的な話はちっとも分からない早苗だったが、孝太郎がクランのやる気に火を点けた事は分かる。きっとクランは次も完璧な専用機を作ろうとするだろう。大好きな孝太郎を守り、完璧な勝利をもたらす為に。

――ふふふ、アホだなぁ、孝太郎は……。

そんな事を思いながら、早苗は四人のやりとりを楽しげに眺め続けた。

新機体の調整作業は、夕食の前に一旦終わりとなった。夕食後にはそれぞれ別の仕事をしなければならない。孝太郎達はやはり多忙だった。

「孝太郎、ご飯食べにいこ！　お腹減っちゃった！」

早苗は自分の頭に付いていた電極を無造作に引っ張って取り外すと、調整中ずっと座っていた椅子を飛び降りた。そして元気な足取りで孝太郎のところへやって来る。

「分かった、ちょっと待て」

孝太郎は機体データの設定や移植をしていたのだが、後の作業を人工知能に任せて席を立つ。言われてみれば確かに腹は空いていた。

「キリハ達もいこー！」

「うむ、そうするか」

「お誘い頂いてありがとうございます、サナエ様」

キリハとルースも席を立った。彼女達は孝太郎以上に多忙だ。後の事も考えると、食事はちゃんととっておくべきだろう。それに孝太郎や仲間達と一緒に食事をするのは、この多忙な時期でも楽しみの一つだった。

「キィ、パルドムシーハ、ちょっとお待ちになって！　例の件で少し話がありますの」

そんなキリハとルースをクランが呼び止めた。二人はクランの声に反応して足を止め、彼女の方を振り返る。この時の二人の表情は不思議と真剣だった。

「少しってどのくらい？」

そんな二人の変化に気付かず、早苗は呑気にクランに尋ねる。今の早苗にとっては夕食が一番の関心事だった。

「ほんの数分ですわ。だからサナエとベルトリオンは、先に行って下さいまし」

「じゃー、あんた達の分も注文しとく。あたし達と同じメニューで良い？」

「ええ、お願い致しますわ」

「お任せあれ！　じゃ、いこー！」

「分かったから、そんなに引っ張るなって。焦らなくても晩飯は逃げないぞ」

「にげるもん！」

元気な早苗に連れられて、孝太郎が研究室を出ていく。それを見届けた後、キリハとルースは改めてクランと向かい合った。

「……それで、諜報部は何と？」

この言葉を口にした時、キリハの表情はまるで敵と相対しているかのように厳しいものとなっていた。そしてそれはクランとルースも同じだった。

「貴女の予想通りですわ」

「確定か？」

「ええ。先程、確実な証拠が出たと言って来ましたわ」

「どのように対処致しましょうか？　この対応を誤ると、わたくし達は数ヶ月の時間を失います」

三人はそのまましばらく話を続けた。それは早苗と約束した通り数分の出来事だったのだが、ここで決定された事は孝太郎達とフォルトーゼを激震させるような内容だった。

神聖フォルトーゼ銀河皇国には皇帝直属の秘密組織が幾つか存在している。その中で一番知られているのは諜報機関だろう。その名も規模も定かではないが、そういう組織が存在しているという事だけは昔から国民にも良く知られていた。その反対に、まだ一般には存在自体が知られていない秘密組織もある。それは宮廷魔術師団だ。現皇帝エルファリアは免責と引き換えに旧ダークネスレインボゥの幹部達を登用、魔法や霊力関係の事件の対策に当たらせている。敵が魔法や霊力を使うのに、フォルトーゼという国にはその対策が存在していない。それゆえの苦肉の策であった訳だが、今のところは上手くいっている。むしろ活躍していると言っていい状況だった。その影響で活動を補助する人員や、フォルサリアから出向してきた魔法使い等が新たに加入し、少しずつだが組織の規模も拡大しつつある。だがそれは忙しいという意味でもあった。

「ちょっとクリムちゃん、突っ立ってないで手を動かしてよ」

「……………だって飽きたんだもん」

この日も彼女達は仕事に追われていた。その仕事は戦地の除染だ。先日の戦いでは限定的ながら『廃棄物』が使用された。この『廃棄物』というものは負の霊力を帯びた物質であり、触れるだけで生物に感染して生ける屍に変えてしまう。これを放置するのは危険なので、徹底した除染が必要となる。しかも除染には霊子力技術か死霊系の魔法が必要となる。そんな訳で宮廷魔術師団にその役目が回ってきた。今の彼女達は死霊系の魔法を得意とするパープルをリーダーとして、除染作業の真っ最中だった。

「このところ掃除ばっかりじゃない」

「でもやらないとずっと終わらないよ？」

現在、クリムゾンとオレンジは汚染された軍事拠点のメインタワーに居る。そこが彼女達に割り当てられた作業エリアなのだ。しかしクリムゾンは不満顔だ。元々活発で大雑把な彼女なので、この地味な作業が苦手だった。この為、本来は自由奔放なオレンジの方が宥めているという珍しい状況になっている。オレンジの方は一刻も早く作業を終わらせ、この可愛いものが何もない空間から逃げ出したいと考えていた。

「そもそも何で爆破しないのよ。全部燃やしてしまえば良いじゃない」

クリムゾンは我慢の限界に差し掛かっていた。得意の爆熱魔法で全てを焼き尽くしてしまおうか、そんな事さえ考え始めていた。

「ごめんなさいね、クリムゾン」

　そこへ除染作業全体の指揮を執っているパープルが通りかかり、小さく苦笑しながらクリムゾンに詫びた。

「パープル、謝るくらいなら今からでも爆破しよう」

「そうしたいところだけど、爆破すると『廃棄物』が飛び散ってしまう可能性があるし、証拠も一緒に燃えてしまう。宮仕えの難しい所ね」

　パープルは肩を竦める。問題の『廃棄物』は確かに高熱に弱く、クリムゾンの魔法で十分に焼き尽くす事が出来る。問題は一瞬で全域を高温に出来るかどうかで、これに失敗すると障害物の陰に溜まっていた『廃棄物』が爆発で飛び散ってしまい、汚染の範囲を広げてしまう可能性があった。また爆発で証拠が燃えてしまうのも痛いところだった。フォルトーゼでは皇帝といえど法を守らねばならないので、敵の犯罪もきちんと証拠集めが必要になる。かつてのダークネスレインボゥには必要のない行為なので、宮廷魔術師になったが故の苦労と言えるだろう。

「クリムちゃん、イヤでもやるしかないって」

「んも〜〜〜」

「それとも私のコンピューター仕事と交代する？」

「それはもっとイヤ」

「あ、パープル、私代わって欲しい！」

「壁紙とか可愛くしちゃ駄目よ？　一応証拠の保全作業なんだから」

「えええええ～～～!?　……じゃあ交代しない」

「そう。じゃあここはお願いね」

　結局、クリムゾンは渋々元の作業に戻った。宮廷魔術師団は皇帝の為に働く訳だが、実は彼女達にも目的があった。彼女達は宮廷魔術師団として活躍する事で、フォルサリアの人間がフォルトーゼに帰還する道筋を作りたいのだ。宮廷魔術師団の活躍と規模の拡大はそのままフォルサリアとの交流を意味する。人員や情報の行き来は間違いなく増えていく筈だった。だからこそ、この段階でのやらかしはフォルトーゼ側の反感の種となり、彼女達の目的を危うくする。それはクリムゾンも望むところではなかった。

『みんな、聞いて！』

　そんな時だった。官給品の腕輪から、グリーンの声が飛び出してきた。それは緊急回線を使った、元ダークネスレインボゥの幹部全員に宛てられたメッセージだった。

「どうしたの、グリーン!?」

　クリムゾンは除染の道具を放り捨てると大慌てで腕輪を叩き、メッセージを返す。緊急回線を使って強引に連絡してくる時点で、ただ事ではない状況が推測されていた。

『私達の共通の「友人」から連絡が来たの！　みんなすぐに戻ってきて！』

「分かった！」

クリムゾンは短く返事をするとすぐに走り出した。グリーンはメインタワー頭頂部でオペレーターとして働いている。階段を駆け上がればすぐの場所だった。

「でかした、エゥレクシス、真耶！」

「クリムちゃんもぼっちゃま達だと思う？」

すぐにオレンジも後に続く。グリーンの『友人』という言葉を聞いた二人は、同じ人間達を思い浮かべていた。

「他に誰がいるってのよ！」

「そうだね！　絶対にそうだよね！」

それは彼女達には決して無視できない人々だった。二人は大きな期待に衝き動かされ、あっという間にパープルの視界から消えていった。

「やれやれ……よっぽど退屈していたのね。良い時に連絡をくれたわ真耶、エゥレクシス……」

後に残されたパープルは小さく微笑むと、二人が投げ出していった除染の為の道具を邪魔にならないように壁際へ動かした。それが済むと、彼女も足早に二人の後を追った。

宮廷魔術師団が久しぶりに対面したエゥレクシスは、少し体格が良くなっているように見えた。また軽く日に焼けていて、以前の貴公子然とした雰囲気は若干薄れている。だがその目の輝きと口元の笑みは健在だった。

「……こうして君達にまた会えるとは思っていなかったよ」

「生きていたならさっさと会いに来なさいよ！」

「赦して頂戴、クリムゾン。これでも国家転覆を企んだお尋ね者なのよ」

真耶の方は相変わらずだった。透き通るような白い肌と、情欲を掻き立てる美しいボディライン。女性でも見惚れてしまうようなその美貌は今も変わらない。しかしクリムゾンに笑いかけるその表情は、以前よりも幾らか優しげに見えた。

「これまで何処で何を？」

イエローは涙を拭いながら尋ねる。イエローは本来控え目な人物だが、この時ばかりは誰にも遠慮せずにこの言葉を発した。無事に再会できた事が、本当に嬉しかったのだ。

「辺境宙域を転々としながら、運送業をやっていたよ」

「苦労したのよ、そもそも正規の手段では会社を作れないからね。しかも青騎士の坊やが運送業界にちょっかい出してくるし……」

ヴァンダリオンとの戦いの後、エゥレクシスと真耶は辺境宙域に身を潜めていた。辺境宙域はフォルトーゼの締め付けが緩いからだ。その辺りの事は反政府勢力と事情は同じだった。そもそも二人も反政府勢力だった訳なので、当たり前ではある。そして生きていく上で仕事が必要だったので、内戦からの復興に目を付けて運送業を始めた。最初は偽造した書類で普通の運送業を営んでいたのだが、やがて大口の取引先が幾つか『青騎士関連事業認定マーク』を取得する為に、組織の健全化を図った。その時に取引先の書類の再確認が行われる事に決まったので、エゥレクシス達は逃亡。非合法の密輸業者に転身したのだった。

「経営ノウハウを得た後に非合法に転身した事だけが救いだったねぇ、ハッハッハ」

「笑い事じゃないと思うけど」

いつも通りブルーが淡々とした口調で指摘する。彼女はいつも冷静で言葉数も少ない。だからこそ彼女の方からこうした言葉が出て来る事が、その心情を雄弁に語っていた。

「それは後でコータロー君に文句を言っておくよ。……ただいま、ブルー」

「……」

ブルーは答えず、じっとエゥレクシスを見つめていた。しかしエゥレクシスにはその姿が不機嫌(ふきげん)そうには見えなかった。とはいえ対応に困ったエゥレクシスは真耶の方に目をやる。すると彼女はきちんとお礼が言えるわね、真耶」

「やっときちんとお礼が言えるわね、真耶」


そんな真耶に語り掛ける者があった。

「グリーン……そういえば、ちゃんと顔を合わせたのは随分(ずいぶん)前ね」

「あの時、助けに来てくれてありがとう、真耶。それとエゥレクシスも……」


グリーンは二人に向かって深々と頭を下げた。

「無事で何よりだ、グリーン」

「元気そうで良かったわ」

「おかげさまで元気にやっているわ」


かつてグリーンはヴァンダリオンに捕(と)らえられ、その未来予知を利用されていた。そこからエゥレクシス達とダークネスレインボゥで助け出したのだが、グリーンが意識を取り戻した時には既にエゥレクシス達は行方(ゆくえ)不明だった。だからきちんと礼を言えたのはこの時が初めてだった。

「ぼっちゃま達も元気そうだね！　前より体格良くなったんじゃない？」

オレンジは二人に歩み寄ると、拳で軽くエゥレクシスの胸を叩く。その胸板は間違いなく、以前よりも厚くなっていた。

「運送業をしばらく続けているからねぇ。以前のようにデスクワーク専門という訳にもいかなかったんだ」

「宇宙海賊って噂を聞いてたけど」

「それも間違いじゃないかも」

「私達の思惑はどうあれ、顧客や敵はそういう勘違いが多かったよ」

「……分かった分かった、また色々ズルい事してたのね」

エゥレクシスが日焼けして体格が良くなっていたのは、運送業という仕事の影響だ。荷物を受け取り、それを届けるというだけの仕事だが、依頼主も目的地も様々。強引な荷物の回収や、防衛線を突破しての配送なども経験している。客観的に見ると、宇宙海賊という指摘もあながち間違いではないのだった。

「それで宇宙海賊さん、何故こちらにおいでになったんですか？」

「手厳しいねえ、パープル。もっとフレンドリーに頼むよ」

「一年近く姿を見せない相手は、友達かどうか怪しいと思うのですが？」

「ハッハッハッハッハッ、ごもっとも」

「実は貴女達に相談したい事があったのよ」

パープルにやり込められたエゥレクシスに代わって、真耶が事情を説明する。二人が宮廷魔術師団に接触を求めたのは旧交を温める為ではない。どうしても宮廷魔術師団と話しておきたい事があったのだ。

「こちらも今は宮仕えよ。相談に乗れるかどうかは分からないわ」

「まずは話を聞いて頂戴、パープル。その後、相談に乗ってくれても良いし、何もしてくれなくても構わない。お互いの立場はちゃんと分かっているわ」

「分かった。聞くわ、真耶。それと……久しぶりに会えて嬉しいわ」

「私もよ。出来れば再会の理由が、こんな話じゃなかったら良かったんだけど――」

そうして真耶とエゥレクシスは話し始めた。二人が何故、宮廷魔術師団に会いに来たのか、という事を。

マクスファーンの復活は、通常の蘇生魔法とは違うプロセスで行われた。生きた人間の魂にマクスファーンとして必要な情報を上書きする事で、魂と身体の双方を乗っ取る形で蘇生されたのだ。そして乗っ取られた人物——ラルグウィンを取り戻したいと考えている人間がいる。それが今のエゥレクシス達の依頼主だ。そしてその目的を達するには、強力な魔法が必要になる。乗っ取りのプロセスを逆に辿ってマクスファーンとしての情報を取り除き、本来のラルグウィンの魂を復元する必要があるからだ。だがエゥレクシスと真耶にはその魔法が使えない。かつては強大な魔法を操った真耶だが、今は身体の大半が機械に置き換えられているので、ほんの小さな魔法を使うので精一杯だった。だから二人は宮廷魔術師団に連絡を取った。彼らには他に頼れる相手が居なかったのだ。

「という訳でね……この人がファスタさん。私達の今の依頼主だよ」

「………初めてお目にかかる。今は無所属だが、かつてはラルグウィン様の部下を務めていた」

エゥレクシスに紹介され、ファスタは宮廷魔術師団の面々に深々と頭を下げた。その丁寧な挨拶は力を借りに来た側だからという意味もあったのだが、結局のところはファスタが真面目だからだった。

「再会するなり、厄介事をぶっ込んで来たわね、エゥレクシス」

クリムゾンはエゥレクシスに冷ややかな視線を向ける。彼女には再会よりも、この問題のウェイトの方が重く感じられていた。そんなクリムゾンの様子に、エゥレクシスは苦笑して肩を竦めた。

「確かに厄介だねえ」

「簡単に認めたわね」

「流石に私も認めざるを得ないさ。ラルグウィンを救うとなれば、敵はあの大魔法使いグレバナスなんだから」

「…………グレバナス？」

　エゥレクシスがその名を口にした瞬間、クリムゾンの表情が変わる。直前まで不満げだったものが、何かを期待するかのようなものへと変わっていた。

「だってそうだろう？　彼を何とかしない事には話はちっとも進まないからねえ」

　エゥレクシスは再び肩を竦めた。ラルグウィンの復活は、そのままマクスファーンを倒す事を意味する。忠臣のグレバナスがそれを簡単に許すとは思えない。だから力でも駆け引きでも何でも良いから、グレバナスを抑え込む必要がある。エゥレクシスはそれを簡単だとは思っていなかった。

「…………し、仕方ないわね。古い付き合いでもあるし……もっと詳しく話して頂戴」

「ちょっと待って待ってっ！　クリムちゃん勝手に決めちゃ駄目だって！　とゆーかクリムちゃん、グレバナスと戦いたいだけでしょうっ!?」

呆気なく説得されたクリムゾンを、危ういところでオレンジが止める。可愛いモノ好きで軽い印象の彼女だが、意外にしっかりしているところもあるのだった。

「け、決してそんな事はっ。ファスタさんの心意気にうたれたし、エゥレクシス達も知らない仲じゃないなって」

「私達って今は一応公務員なのよ!?　前みたいに勝手な判断では動けないし、そもそも技術的に可能な事なのっ!?」

「ウッ」

クリムゾンは言葉に詰まる。オレンジの言葉には説得力があった。今の彼女達にはダークネスレインボゥ時代ほどの自由はない。秘密組織とはいえ公務員である以上、少なくとも上に確認を取らねばならない。また現状でラルグウィンを救う為の大魔法が使えるのかどうかも不透明だ。彼女達は今フォルトーゼに居るので、魔法の素材や補助器具も不足気味だった。

「心情的には手伝ってあげたいところなんだけど……その辺りはどう思うかしら、パープル？」

イエローはクリムゾンが口にした言い訳と同じような気持ちになっていた。だが彼女の場合は完全に本気だ。思慮深くて仲間思いの彼女だから、エゥレクシスと真耶が危険を承知の上で接触してきた意味を感じ取り、助けたいと思うようになっていたのだ。だがその反面、心配もある。オレンジの指摘はもっともだと思った。そこで宮廷魔術師団のリーダー的な存在であるパープルに判断を仰いだのだった。

「そうね……」

パープルは軽く視線を下げ、髪を軽く弄りながら考え込む。彼女は死霊系の魔法を得意としているので、グレバナスの死者蘇生の魔法や、それを無効化する手段の想像がつく。彼女はかつて死んだ恋人を蘇生させようとした事があったのだ。

「……技術的には可能だと思うけれど、多分物質的な素材不足が問題になるわね。こっちで収集するにせよ、フォルサリアから密輸するにせよ、それなりに時間がかかってしまうと思うわ」

やはり問題はここがフォルトーゼであるという事だった。フォルトーゼで魔法使いが活動を始めてからまだ日が浅く、魔法に必要とされる素材の自給ルートが確立されているとは言い難い。主要な素材は何とかなりつつあるが、特殊な魔法に必要な他に使い道のない素材は後回しにされがちだ。今回の場合はそれに当て嵌まる。魂を上書きしての蘇生など特殊中の特殊。必要な素材の確保は容易ではなく、時間が必要だった。

「パープル、それもあってこのタイミングで会いに来たのよ」

真耶は元ダークネイビー、心術系のエキスパートだ。死霊系は専門ではないが、心術系はカテゴリー的に多くの要素が重複している。だから真耶とエゥレクシスは早々に会いに来た。今から準備しておけば、実際に必要になるタイミングに間に合うだろうと考えての事だった。

「良い判断だわ、真耶」

「………ただ、立場的には少し扱いが難しくなりそうね」

これまで黙って成り行きを見守っていたブルーが口を開く。ブルーは真希と同じくらい真面目なので、今の彼女達の立場を気にしていた。公務員である彼女達は、勝手な判断で動く事は出来ない。しかもエゥレクシスは国家反逆の主犯でもあるのだ。協力は難しいだろう、というのがブルーの考えだった。

「それについては………クリムゾン、頼みがあるんだが」

「私!? 何で!?」

急な話にクリムゾンは狼狽する。難しい話には興味がなく、また自分に話が向くとも思っていなかったのだ。

「ネイビーに………ええと、アイカ・マキさんに、それとなくこの話を伝えて欲しいんだよ」

「ええっ⁉」

降って湧いた話、そして突然出て来た真希の名前。クリムゾンが動揺して絶句していると、彼女に代わってグリーンが口を挟んだ。

「呆れた……最初からその辺も織り込み済みだったのね」

グリーンは眼鏡を直しながら、言葉通りの視線をエゥレクシスに向けた。

「滅相もない。これはあくまで成り行きだよ」

エゥレクシスはにこやかに肩を竦めてみせる。だがその顔を見てグリーンは確信した。

やりやがったな、こいつ、と。

「どういう事、グリーン？」

クリムゾンはまだよく分かっていない。不思議そうにグリーンを見た。

「どうもこうもないわよ。貴方からネイビーに伝えれば、当然青騎士にも伝わる。そしてその情報を信じるわ。ネイビーが保証するんだから。するとどうなると思う？」

「……青騎士がそれとなく協力してくれる？　見て見ぬふりをするというか……」

「正規ルートで情報が伝わると駄目なのよ。青騎士にだけ伝わる構図にしないと」

「だからこいつらは、今会いに来た？」

「そっ、何もかも計算ずくなのよ、この男はっ！　信じられないっ！」

政府や軍の上層部に話が伝わるとややこしい事になる。だから孝太郎の性格や、真希がクリムゾンの友達である事を利用して、こっそり孝太郎達だけを動かす。その為にもこのタイミングでの再会が必要だったのだ。

「言われてるわよ、エゥル」

「滅相もない。私は美しい花にはいつも心を配っている。久しぶりに君達の顔が見たくなっただけで――――」

「嘘ばっかり！」

グリーンとしてはこの構図が気に入らなかった。本当にずっと、二人に会いたいと思っていたから。会いたい人にようやく会えたのに、当人は完璧な計算の上で会いに来ている。これはグリーンが普通の少女らしさを身に付けた事で出た不満だった。

「……ふふ、グリーン、エゥルを許してやって」

「真耶？」

『最近分かってきたんだけど……この人は親しい人間に対しては照れ屋なのよ。おかしいでしょ、他の人間にはあれだけ強気なのに」

真耶はそう言うとちらりとエゥレクシスに目を向ける。いつの間にか彼はそっぽを向いており、宮廷魔術師団からは自分の顔が見えないようにしていた。きっとバツの悪い顔をしているのだろう——今のグリーンには、後ろ姿だけでそれが分かった。そしてそれは真耶の言葉が正しい事の証明でもある。本当は心配していて会いたかった。しかし理由もなく会いに行くのは照れ臭い。真の仲間を初めて得たエゥレクシスだからこその悩み。そしてその感情はグリーン自身の中にもあった。

「……ま、良いでしょ。クリムゾンがやる気になっている事だし」

グリーンの場合は、本音を親友のクリムゾンの存在で覆い隠した。

「良いのか、グリーン⁉」

「だって貴女、止めたらこっそりやろうとするでしょ？」

「おう！」

「まったくもう……」

正直なところ、グリーンにも反対する理由はない。しかしエゥレクシス同様に照れ臭いとは感じている。だからクリムゾンがやる気になっているのは有り難かった。

「という事らしいから……協力するわ、ファスタさん」

パープルが話をまとめる。彼女にも異論はなかった。特に恋人を蘇生させたかったパープルだからこそ、大切な人を蘇らせたいファスタの気持ちは誰よりも分かった。

「ありがとうございます、皆さん」

ファスタは再び頭を下げる。その瞳には僅かだが涙が滲んでいた。そんなファスタが顔を上げるのを待ち、パープルは話を続けた。

「……問題点を整理しましょう」

穏やかだったパープルの表情が引き締まる。それはかつてのダークパープル時代の表情によく似ていた。

「まず……青騎士への根回しに関しては、クリムゾンに任せる形で良いわね？」

「分かった、話しておく」

クリムゾンはこくりと頷く。久しぶりに友達の真希と話せば、大魔法使いグレバナスと戦う機会が手に入る。願ったり叶ったりの状況だった。

「そして必要な素材の殆どは、時間が経てば手に入る」

死霊系の魔法が得意なパープルなので、この時点で既に大まかだが儀式魔法に必要な素材の見当がついていた。それらは時間はかかるが、入手は不可能ではないものが殆どだった。やろうとしている事や状況を踏まえると、フォルサリアから支援が得られる可能性さえあった。にもかかわらず、パープルの表情は厳しかった。

「でも一つだけ、どうしても時間では解決しない素材があるの」

「……マクスファーンの残留思念、よね？」

パープルの表情が厳しい理由は、真耶の口から語られた。そんな彼女に向かってパープルは大きく頷く。

「そう。現在のマクスファーンの魂は、ラルグウィンの魂を土台に、マクスファーンの残留思念——魂の断片(だんぺん)を上書きして構成されている。その上書き部分を除く為に、比較(ひかく)対象となるマクスファーンの魂の断片が必要になるの」

現在のマクスファーンの魂は、ラルグウィン本来の魂と、継(つ)ぎ足されたマクスファーンの魂の断片が融合(ゆうごう)していて、どこからどこまでがラルグウィンの魂なのかが分からなくなってしまっている。そこでマクスファーンの魂の断片を用意し、今のマクスファーンと比較する事で、取り除くべき部分を特定しようというのだ。

「ただしこれでは重複部分まで除かれてしまうので、最終的に本来のラルグウィンの魂の断片が必要になるけれど……」

「それは問題ない。ラルグウィン様のお住まいは承知している」

魂の断片との比較で取り除くべき場所を決める場合、マクスファーンとラルグウィンに共通した部分まで取り除かれてしまう。そこでラルグウィンの魂の断片を使って、取り除き過ぎた部分を復元する。幸いそれの入手は難しくない。ラルグウィンは現代の人間なので、多くの場所に魂の断片——残留思念が残っている。更(さら)に言えば、ファスタのような忠臣の認識も復元の助けになる筈だった。

「問題はやはり、マクスファーンの魂の断片――残留思念をどうやって手に入れるか、という事に尽きるようだね」

エゥレクシスは両腕を組んで考え込む。これは相当な難問だった。

「果たして残っているかしら、蘇生前のマクスファーンの残留思念なんて……」

真耶もエゥレクシスと同じ考えだった。マクスファーンは二千年前の人物であり、その残留思念は殆ど残っていない。その多くが時間の経過と共に分解され、輪廻の輪の中に還っていった。それでも残っていた残留思念も、グレバナスが蘇生を試みる段階で回収してしまっただろう。グレバナスが回収しなかったものは残っている筈だが、それはつまり使えないレベルであるか、入手が困難過ぎるという事を意味している。自然と、それらを手に入れるのは非常に困難であると予想されるのだった。

「……グレバナスが伝説通りの人物なら、万が一に備えて、幾つかバックアップは用意しているんじゃないかしら」

パープルのその言葉を聞くと、エゥレクシスは両手を打ち鳴らして同意した。

「なるほど、それは有り得るねぇ。蘇生が一度で成功する保証はなかった筈だから、幾つかバックアップは用意している筈だ」

グレバナスはマクスファーンの知恵袋やブレーキ役として知られている。その性格は落ち着いていて、慎重であると言われている。だとしたら、よほど自身の蘇生魔法に対して自信があったというのでもない限り、絶対に予備を用意した筈だ。その予備が残っていると考えるのは、決して間違いではなかった。

「それに蘇生に成功したとしても、戦争をする訳でしょう？　もう一度蘇生が必要になる状況は想定している筈よ」

元ダークネイビーの真耶は、もう少し先までグレバナスの考えが読めていた。蘇生したマクスファーンは戦争に身を投じる事になるので、戦死のリスクはつきまとう。単純な事故や病気も怖い。もう一度蘇生が必要になる局面は幾らでも想定出来る。だから予備を用意している可能性は非常に高いと感じられた。そしてエゥレクシスにもこの真耶の予想は正しいと感じられていた。

「という事はつまり……奴らの本拠地に忍び込まないといけない訳だ」

エゥレクシスはそう言って、椅子の背もたれに大きく身体を預ける。その表情は渋い。もしグレバナスが本当に予備の残留思念を用意しているとすれば、それはマクスファーン達の本拠地か、それに準ずる隠れ家に隠されているだろう。それは非常に貴重で、失ってはいけないものだからだ。手に入れるのは簡単な事ではなかった。

「しかも彼が青騎士の坊や達と戦って死んでしまう前によ」

真耶も大きく溜め息をつく。予備の残留思念が恐らく敵の本拠地にあるというだけでなく、他にも大きなリスクがあった。もしマクスファーンが艦隊戦で戦死したりすれば、身体も魂も粉々になって蘇生不能となる。また単純な孝太郎達との交戦によっても、蘇生不能な程のダメージを受ける可能性はある。それらは十分に起こり得る状況であり、ラルグウィンの復活を阻む袋小路だった。

「という訳だから、早々に頼むよクリムゾン」

「分かった分かった、んも〜〜〜」

クリムゾンは足早に部屋の出口を目指す。孝太郎達とマクスファーン達の戦いがいつ起こるのかは分からない。早々に話を通しておくべきだろう。しかも直接会って口頭でだ。通信は誰に傍受されるか分かったものではなかった。

「絶対にグレバナスと戦わせて貰うからね!?」

「分かってるよ。そのつもりで作戦を立ててる」

「なら良いわ。んじゃ、行って来る」

「待って、クリムゾン!」

グリーンがクリムゾンの後を追う。クリムゾンを手伝いたかったし、加えてクリムゾンが二人きりで真希と話をするのが気に入らなかったのだ。それから程なく二人は部屋を出て行った。それを見送ってから、エゥレクシスは話を続けた。

「さて、今後の方針だけど……君らは本業と並行して儀式の準備を進めておいて欲しい。私達は情報の収集にあたる。今の我々だからこそ得られる情報がある筈だ」

「確かに、今のマクスファーン達が表の輸送業者を使うとは思えないわね」

パープルもエゥレクシスに同意する。エゥレクシス達は現在、非合法の運び屋――あるいは宇宙海賊――を生業としている。そして現在、エルファリアが輸送業者に大きく網をかけたので、マクスファーン達は兵器の部品のような目立つものを合法的な手段で輸送するのが難しくなっている。だから多くを非合法の輸送業者に頼っている筈で、エゥレクシス達ならそうした情報を集め易いと思われた。

「ふざけてないでちゃんとやってよね、ぼっちゃま。マクスファーンと青騎士が最終決戦を始める前に尻尾を掴まないとマズいんだから」

珍しい事に、オレンジは大真面目だった。可愛いモノに目がなく、戦いを始めとする面倒事が嫌いな彼女だが、今回はやる気になっていた。仲間達がやる気である事に加え、やはりファスタに同情的になっていたのだ。

「分かってる。流石に今回はお遊びは無しだよ」

それはエゥレクシスも同じかもしれない。その目の輝きは孝太郎達と戦っていた頃のそれに戻っていた。絶対に勝たねばならないという強い意志が輝いていた。

「ちゃんと見張ってるから大丈夫よ、オレンジ」

「ヨロシクね、真耶」

「はいはい」

真耶もエゥレクシスの本気は感じている。口で言う程には彼を心配していないのだ。だが再び戦いが始まる。だからちゃんとエゥレクシスを見張って、彼が勝手に死なないようにする必要はあった。

「皆さん、本当にありがとう。私達の為にわざわざ………」

ファスタはエゥレクシス達が自分とラルグウィンの為に命を懸けてくれる事に対して再度礼を述べ、深々と頭を下げた。他人の為に命を懸けるのは簡単な事ではない。相手がマクスファーンであれば尚更だろう。

「気にしなくていい。仮に君が居なくても、我々はマクスファーンと戦う運命だった。グレバナスを放置すれば、フォルサリアの評判は地に堕ちる。そうなってはフォルトーゼへ帰還を望む者達が行き場を失うからね」

フォルサリアには真なる故郷、フォルトーゼへの帰還を望む人間が少なくない。しかしもしグレバナスとその魔法がフォルトーゼを激しく傷付けたら、魔法使いの国であるフォルサリアの立場は悪くなる。イメージも最悪になるだろう。その状況で帰還が許されるとは到底思えない。それを避ける為には、早々にグレバナスを表舞台から退場させる必要がある。つまり宮廷魔術師団と真耶は、どの道マクスファーン達と戦う事になった筈なのだった。

「………その意味ではエゥレクシス、貴方が私達に協力してくれている事に、感謝しないといけないのかもしれないわね」

そんなブルーの呟きを切っ掛けに、一同の視線がエゥレクシスに集まる。本当にその通りだった。エゥレクシスだけはこの一件で何の得もない。フォルトーゼとマクスファーンの対決には全くの無関係だった。

「ハハハ、止めてくれよ。これでも一度は理想の社会を作る為に立ち上がった男なんだ。マクスファーンを放ってはおけない。それに………」

不意にエゥレクシスの言葉が途切れる。

「それに、何？」

真耶が楽しそうに笑う。

「………何でもない」

結局彼はその先を口にしなかった。

「ふふふ、照れ屋なんだから。まったくもう………青騎士(あおきし)の坊やの素直(すなお)さを見習って欲しいものだわ………」

実の所、エゥレクシスが何故(なぜ)協力してくれるのかは皆が知っている。だが本当は照れ屋なのも知っているから、真耶と宮廷魔術師団はそれ以上の追及をしなかった。

多くの者達が倒そうと躍起(やっき)になっているマクスファーン達だが、彼らも座して敵の攻撃(こうげき)を待つような事はしない。戦いが始まる日は近い。だったらあえて先制攻撃して敵の気勢を削(そ)ぐ――それは戦略的に重要な作戦であり、マクスファーンの願望にも沿うものだった。マクスファーンは万物(ばんぶつ)の頂点に立つ事を望んでいる。戦いの始まりでさえも、自分で決めたいと思っていた。

「………この作戦は正しい。早々に実行すべきだ。戦闘(せんとう)以外では、青騎士はその年齢(ねんれい)通りの人間でしかない。計画の立案、技術的バックアップ、実務レベルでの手配を担当しているのはこの三人だ」

司令室の三次元モニターには、ある作戦に関する情報が所狭しと表示されていた。それを一瞥した灰色の騎士は、納得した様子で大きく頷いた。そんな灰色の騎士の言葉に満足したのか、マクスファーンは口元に笑みを浮かべた。

「貴様がそう言うなら、間違いは無いな」

笑うマクスファーンの顔はラルグウィンのものであったが、そうとは思えない程に強い狂気で歪んでいた。

『……青騎士のアキレス腱といったところですな。しかも代わりが居ない。一人でも討ち取れれば、青騎士は英雄然とは歩めなくなるでしょう』

モニターに表示されているのは、孝太郎達に対する攻撃作戦だった。マクスファーンの要望に応え、グレバナスが作成したものだった。

「フハハハハ、それを三人まとめて葬ろうというのだ！　手足と翼をもいでくれる！」

モニターの中心にはキリハ、クラン、ルースの顔が表示されている。マクスファーンの狙いはその三人だった。初手で孝太郎達を動かしている頭脳を倒そうというのだ。その作戦を実現する為に、グレバナスと諜報部は情報を収集。するとおあつらえ向きに、三人が一緒に移動する機会がある事が分かった。その情報を基に組み上げられたのが、この攻撃作戦だった。

「しかし……第六惑星アライアで経済発展会議、か……」

改めて情報を確認した灰色の騎士は、物言いたげな雰囲気で呟いた。マクスファーン達は問題の三人が一緒に移動する時に攻撃を仕掛けようとしている。問題の三人は第六惑星アライアで開催される銀河規模の会議に参加する事になっていた。会議が開かれる惑星アライアはマスティル家の直轄領なので、マスティル家との繋がりが深いパルドムシーハ家の長子であるルースが責任者となっている。これに技術顧問として第二皇女クラン、そして相談役のキリハが参加する。構図としては間違っておらず、別段気にするような点はない。だが灰色の騎士は、そこに僅かな引っ掛かりを感じていた。

「どうした、灰色の？」

「タイミングが良過ぎるかもしれない、そう思っただけだ」

灰色の騎士が気になっていたのは、会議のタイミングだった。会議の開催は、マクスファーン達が兵を挙げようとした正にその時だった。そして彼らのターゲット三人が、全員その会議に参加する。その事に作為的なものを感じていたのだ。

「流石に考え過ぎではないか？　会議は以前より計画されていたものだ。このタイミングは単なる偶然だ。それにだ、貴様とグレバナスは、小娘共を過大評価する傾向がある」

マクスファーンは灰色の騎士程には心配していなかった。実はこの会議は唐突に開催されるものではない。去年の内戦から立ち直る為の政策決定がなされる会議なので、これまでにも何度か開催されていたのだ。もちろん問題の三人が参加するのは初めてではなかった。それにマクスファーンにしてみると、灰色の騎士とグレバナスは慎重になり過ぎているようにも見える。散々苦労させられたという話なので仕方がない部分もあるのだろうが、それでも攻撃作戦は大胆であるべきだ、というのがマクスファーンの持論だった。

『気持ちは分かりますが……ご安心下さい、騎士殿。流石にこちらも情報の裏取りはしております。向こうに潜入させている手の者からは、会議場の警備レベルが上がるという話が伝わってきております。向こうは要人が集まる会議の方が狙われていると考えておるようですな』

普段なら灰色の騎士と同じように考えるグレバナスだが、今回はきちんと情報を精査した結果、マクスファーンと同様に問題はないと考えていた。フォルトーゼ側に忍び込ませたスパイが、会議の警備に関する情報を送ってきていた。それによるとフォルトーゼ側は会議の開催中に攻撃を受ける事を心配していた。これはもっともな話で、この会議には各星系の指導者や有力な騎士家の代表が集まる。だから普通に考えると、狙われるのはこの会議そのものだろう。明らかにフォルトーゼ全体に対する影響が大きいからだ。それに比べると問題の三人を狙う事には、戦略的な意味が感じられない。結局のところ三人は、青騎士の周辺にいるスタッフでしかないからだ。だが青騎士という存在を良く知るマクスファーンは、実はそれが戦略的にとても意味があると分かっている。三人を殺せば青騎士の動きが止まる。今のフォルトーゼは、青騎士に多くの人間の意思が集中している。その状態に注目すれば、青騎士が立ち止まる事はフォルトーゼの心臓が止まるに等しかった。しかしそれを分かっている人間は極端に少ない。むしろ分かっているマクスファーンが例外的だと言えるだろう。だから会議の方を守るのは当然であり、三人が一緒に移動する事を警戒する理由は無かった。

「だったら良いのだがな」

灰色の騎士の心配には、何か根拠がある訳ではない。それに言われてみれば確かに、自分には少女達を過大評価する傾向があるかもしれないと感じていた。だからグレバナスが裏取りをしていると保証した時点で、その点から興味を失った。

「だが貴様の言う事にも一理ある。状況に応じて目標を切り替え、会議を狙うのもありかもしれないな。そうすれば貴様が心配する罠も避けられるかもしれない」

「………相変わらずだな、マクスファーン」

マクスファーンは青騎士に対する激しい恨みがあるが、皇家と青騎士を倒す為の手段は選ばない。国へのダメージはそのまま皇家へのダメージになる。それは青騎士にとってアライアが築き上げた物の棄損ともなるだろう。マクスファーンにとって、アライアと青騎士、そして皇家を踏み躙る事が出来るなら、手段などどうでも良いのだった。

「ふん、褒め言葉として受け取っておこう」

マクスファーンは笑う。全てを打ち砕き、ひれ伏させる事にしか興味がない。その笑顔はあまりに邪悪で、見る者を戦慄させる。だが灰色の騎士は平然としていた。マクスファーンの表情など、彼には興味がなかった。

「それでグレバナス、どのタイミングで攻撃するつもりなのだ?」

『モニターをご覧下さい――――』

話は具体的な攻撃計画に移っていく。モニターの情報は、遠景からの惑星アライアの映像に切り替わった。それらは精巧なCGのモデルであり、そこへ更に長い曲線が書き込まれていく。三人を乗せた宇宙船の予想航路だった。

『――――過去の会議では、フォルトーゼ政府の人間はこの航路で惑星アライアへ向かっています。今回も同じとは限りませんが、大気圏に突入した瞬間から減速の終了までは、必ず同じ形の曲線を辿ります。狙いたいのはこのタイミング』

ピッ

小さな操作音と共に映像が更に切り替わる。そしてグレバナスが指し示したのは、機体が減速して水平飛行に入る直前だった。

「これは……エネルギーを消費し切った瞬間、だな」

『仰る通りでございます、マクスファーン様。大気圏を無事に通り抜ける為には、機体の減速と防御に多大なエネルギーを要します。そしてそれは水平飛行に切り替わる直前に、最大化致します』

　宇宙船が惑星の衛星軌道に居る時には、一定の速度で飛んでいる。簡単に言うとその速度でその位置を飛べば、惑星の引力と宇宙船にかかる遠心力が釣り合うのだ。そして速度を緩めると遠心力が弱まり、宇宙船は惑星に降下していく。だが秒速十キロに近い速度で軌道を回っていた宇宙船なので、減速しても秒速数キロで大気に接触する。この時に膨大な熱が発生するので、何らかの手段で船体を守らねばならない。フォルトーゼの宇宙船は費用対効果を考え、船体を頑丈に作りつつも、その多くは空間歪曲場で防ぐ方式を取る。従って大気圏突入には減速の為のエネルギーに加えて、空間歪曲場を維持する為のエネルギーが必要になる。だから大気圏を突破して水平飛行に移るタイミングは、それらにエネルギーが消費され尽くした直後という事になる。その瞬間は明らかに、他より無防備と言えるだろう。

「敵が弱った瞬間を狙うのは戦術の基本だな。だがそれだけに、向こうも分かっているのではないか？」

『そうですね、確かに軍用機や政府専用機は、そのタイミングでも無防備にならないような設計が多い筈です。しかしそれでもこのタイミングは重要です』

「どういう事だ？」

『大気圏に突入している最中は、比較的真っ直ぐに飛ぶからです。多くの兵器で狙い易いのです』

　突入時に飛ぶ速度は速過ぎるので、ある程度減速するまでは真っ直ぐ飛ぶよりない。そして通常の飛行に移ってしまうと、回避運動が可能になる。だから減速が終わる間際を狙う。エネルギー以外にも、狙い易い瞬間なのだった。

「それでエネルギーもある程度消耗しているなら狙わない手はない――という事か。確かに攻撃すべきタイミングだな」

『その瞬間に多くのミサイルで攻撃すれば撃墜できるのではないかと』

「その場合、惑星アライアに地上軍を配置する必要があるな」

　マクスファーンは腕組みをして唸る。確実に撃墜する為には、それなりの数のミサイルが必要になる。警備のレベルが上がっている今の惑星アライアでは、宇宙用の艦艇で奇襲攻撃をするのは難しいだろう。だとしたら事前に地上に兵器を隠しておく必要がある。それも数台は必要になるだろう。これは意外に難しい課題だった。

『軍を入れる事さえ出来れば、成功する可能性は高いかと』

「そうあって欲しいものだな。この戦争の趨勢を占う、大事な一戦だ」

課題は多いが、成功すれば青騎士と皇国軍の出鼻を挫く大きな勝利となるだろう。それが分かっているから、マクスファーン達は慎重に事を進めていた。

――いよいよ大きな戦いが始まるか……。

そんな彼らの姿を、灰色の騎士がじっと見つめていた。大きな戦いが始まれば、暁の女神の力を引き出すきっかけが作り易くなる。この一戦は灰色の騎士にとっても、重要な転機となるだろう。準備は慎重に、機会を逃さず、大胆に立ち回る――灰色の騎士はその胸の内で自らの計画を練り始めた。

緊急事態　十二月五日(月)

　問題の会議は、正しくは『フォルトーゼ経済発展会議』という。その成立は内戦の終結直後で、傾いた経済を立て直すべく通常の政治の枠を越えた協力を行う為に作られた新しい会議だった。今回はその六回目の会議にあたり、これまでの政策の効果の検証や新たな政策についての議論が行われる。キリハ達は初期の頃と、再度フォルトーゼを訪れて以降の会議には参加している。まったく初めての会議という訳ではなかった。

「分かってはいても、不安はありますわね」

　しかし発着用デッキで出発を待つクランは浮かない顔だった。この先で起こる出来事を憂鬱に感じているのだ。ティアなどに比べると後ろ向きな考え方が目立つクランだが、最近の彼女が仕事に関する事でこういう顔をするのは珍しい事だった。

「だが、我らがこのリスクを背負う事で、里見孝太郎の勝率が大きく高まる」

「リスクを背負う事が嫌だという訳ではありませんのよ？」

「それは存じております、クラン殿下。わたくしも気持ちは同じです」

キリハとルースも緊張気味だった。だが実は彼女達三人が心配しているのは会議の事ではなかった。彼女達はもっと他の事を心配していたのだ。

「……おーい、ちょっと待ったー！」

そんな三人の背中に声がかかる。その声は孝太郎のものだった。その瞬間、三人の表情は普段のそれに戻った。

「どうした里見孝太郎」

キリハはそう言いながら声の方へ振り向く。すると発着用デッキに入ってくる孝太郎の姿が見えた。その手には大きな包みが抱えられていた。

「これを持っていってくれ！　大家さんが弁当を作ってくれたぞ！」

孝太郎はキリハ達に向かって歩きながら、抱えた包みを軽く掲げる。その包みには静香が作った弁当が入っていた。

「ふふ、助かりますわ。フライトは何時間かあるようですし」

クランはそう言って目を細めた。フォルトーゼ本星から、会議場がある惑星アライアまで移動するには何時間かかかる。空間歪曲航法のおかげで移動距離の殆どをカットできるものの、その性質上惑星の傍(そば)では空間歪曲航法をしたくないので、前後に通常の手段で宇宙を飛ぶ時間が必要になる。それらを計算に含(ふく)めると、移動はおよそ六時間かかる予定だった。

「静香、あたしも食べたい！」

「わらわも所望(しょもう)じゃ」

「そう言うだろうと思って多めに作ったから後で食べましょ？」

「やった！」

孝太郎の背後には早苗(さなえ)とティア、静香の姿もあった。四人で見送りに来たのだ。ちなみに晴海(はるみ)と真希(まき)、ゆりかの三人は皇国軍と一緒に居る。今日は魔法に絡(から)んだ訓練に呼ばれていて不在だった。そうして弁当の話が一段落したところで、ティアは会議に出る三人に話しかけた。

「すまんのう、そなた達に任せる形になってしまって。わらわも一緒に行ければよかったのじゃが」

「仕方ありませんわ、貴女(あなた)も別の会議に出るのですから」

クランは孝太郎から弁当の包みを受け取りながら、申し訳なさそうにしているティアに笑いかけた。実は本来ならティアも『フォルトーゼ経済発展会議』に参加する予定となっていた。だが軍事や政治がらみの別件の会議が複数存在していて、どうしても手が空かなかった。そんな訳でクラン達三人だけでの出席となったのだった。

「この状況で遊んでて良いのは、無理矢理こっちに連れて来られたマッケンジー達ぐらいだろ」

「そういう事ですわね」

「そう言って貰えると助かる」

孝太郎達は基本的に全員が忙しい。実際、魔法が使える面々は軍と訓練中だし、今日は暇そうな静香や早苗でさえ、普段は公務に出るエルファリアやティアの護衛に付いたりしているのだ。だから時には手が回らない事がある。その辺りの事はお互い様なので、誰もそこに文句はなかった。

「クラン殿下、キリハ様、そろそろ迎えが来るようです」

クラン達三人は、惑星アライアへ向かう宇宙戦艦に便乗させて貰う予定となっていた。その宇宙戦艦からルースに連絡があった。そろそろ迎えの小型艇が、皇宮の発着用デッキにやってくるとの事だった。

「いよいよですね」

クランの表情が僅かに変わる。孝太郎はその時のクランの表情に混じった緊張感を感じ取った。

「何か心配事でもあるのか？」

「あ⁉　え、えっと……」

孝太郎の質問に対し、クランは咄嗟には答えられなかった。驚いていたし、失敗したという思いもあった。そんなクランの反応に孝太郎が首を傾げていると、キリハが代わりに答えた。

「実はクラン殿を虐める者が待ち受けているのだ」

「キィ⁉」

それを言っても大丈夫なのか――クランは孝太郎の言葉以上に、キリハの言葉に驚愕させられていた。

「ハハハ、お前意外と打たれ弱いもんな。でも、実際にそいつに会ったらガツンと言ってやれ、ガツンと」

幸いな事に孝太郎はキリハの言葉を素直に受け取って、問題の会議に苦手な人間でも居るのだろうと解釈した。

「……分かってますわ！」

「到着したようです」

「思ったよりおっきいのが来たね」

「軍用機じゃからな。小型でもこんなものじゃ」

「それにしても、ああいうのが飛び交うのが日常になったわね～」

「俺もです、大家さん。思いもよらない未来が来ましたよね」

　その直後、迎えの宇宙船が到着した事もあって、見送りの四人の注意がクランから逸れる。その気配を察して、クランは胸を撫で下ろした。

「助かりましたわ、キィ」

「気付かれなくて良かった」

「わたくしはキリハ様が急にあんな事を仰るものですから、びっくりしました」

「なるべく嘘などつかない方が良い」

　実はキリハの言葉には嘘はない。ただ孝太郎の勘違いを訂正しなかっただけだった。

「確かに、そうかもしれませんね」

「………ガツンとやってやらなくては」

「うむ、その意気だ」

　そして出発する三人は顔を見合わせて頷き合う。いよいよ出発の時だった。

　フォルトーゼには空間歪曲技術があるので、宇宙船はロケットの噴射なしで飛ぶ事が出来る。しかし急ぐ時は別で、二つの技術を併用して急加速する。重力を遮った状態でロケットを噴射するので、宇宙船はロケットの噴煙を残しつつ一気に遠ざかっていった。

「もう殆ど見えなくなったな。あっという間だ」

「わらわはまだ見えておる」

「ティアちゃん凄い視力ね」

「そなたとて見えておろう？」

「アハハ、私の場合は見えてるというより、おじさまが見てくれてるだけよ」

　孝太郎と静香、ティアの三人はにこやかにおしゃべりをしていたのだが、一人早苗だけは難しい顔をして考え込んでいた。

「んー………」

「どうした、早苗？」

「どうもしないけどさ………あの三人、ちょっと緊張してなかった？」

「そういうもんじゃないか？　大事な会議だし、ヤな奴もいるみたいだし。お前だってテスト前には緊張するだろ？」

「あー、確かに。そーいうもんか」

早苗は三人が妙に緊張している事に気付いていた。しかし孝太郎の言う事はもっともだと思った。普通、十代の女の子が国家規模の会議に出席するとなれば、緊張して当然なのだ。だからすぐにその事を忘れ、孝太郎達と一緒に空を見上げる。だが結果的にその解釈は間違いだった。キリハ達が緊張していた事には、別の理由があったのだ。孝太郎達がそれを理解したのは、これから数時間後の事だった。

フォルトーゼ本星から空間歪曲航法が可能な地点までは、およそ三時間の距離だ。何故それだけの距離が必要なのかというと、移動時の誤差を最小限にする為だった。空間歪曲航法は重力を制御して空間を曲げ、長距離を瞬時に移動する技術だ。その為、惑星のような大きな物体の近くでは、その重力に影響を受けて誤差が生じる。比較的近い距離の空間歪曲航法なら誤差は無視できるだろうが、長距離になるとそうもいかない。だからまずは通常の航行で可能な限り距離を取る必要があった。そして移動後の地点に関しても同じ事が言える。重力の影響が少ない地点に出現したい訳なので、惑星アライアまでは三時間の通常の航行が必要になるのだった。

『マクスファーン様、皇国軍の宇宙戦艦から降下艇が発進しました』

グレバナスがそう告げると、同時に三次元モニターに宇宙戦艦が映り、そこから小型の宇宙船が発進していく様子が見て取れた。

「情報通りか。航路も……前々回の会議で使った航路だな」

更に出発地点と移動方向から予想航路が算出され、コンピューターグラフィックのモデルとしてモニターに表示される。それらはマクスファーン達が事前に予想していた航路のうちの一つと重なっていた。

『やはり宇宙戦艦は軌道上で警戒にあたるようです』

「警戒は厳重だな。その分読み易かったが……」

標的の三人は大気圏に突入可能な宇宙船で会場へ向かい、宇宙戦艦は軌道上で警戒にあたる。元々惑星アライアにも皇国軍が駐留しており、そこへ更に宇宙戦艦が一隻加わった形になるので、非常に強固な防衛態勢だと言えるだろう。普通に攻撃すれば猛反撃を喰らう事は想像に難くなかった。

『この航路の場合、ポイント十三と十四に配置した部隊で迎撃が可能です』

「移動の指示を出せ」

『はい、直ちに』

　後を追う形で標的を乗せた降下艇を攻撃するのは困難だ。恐らく軌道上の防衛システムと宇宙戦艦が迎撃する間に逃げ切られてしまうだろう。だがマクスファーン達は事前に掴んだ情報のお陰で、地上で迎撃する構図を作る事が出来た。幾ら警戒が厳重であっても、流石に小規模の部隊が事前に潜入する事を防ぐのは難しい。また攻撃側は航路上の一点で攻撃すれば良いが、防御側は全てに気を配らねばならない。事前に情報を掴んだ時点で、攻撃側が圧倒的に有利なのだ。だからこの時点でマクスファーンは勝利を確信しており、口元に薄らと笑みを浮かべていた。

「青騎士、お前の女共は自ら罠に飛び込むぞ。ククク……」

　マクスファーンにとって最大の敵はやはり青騎士だ。戦略上はもちろん、感情的にもそうだった。そして問題の降下艇に乗っているのは、現代における青騎士の強さを支えている三人だ。それぞれが戦略、技術、実務を担当しているので、一人でも欠ければ青騎士は大きく弱体化する。それを一度に殺害できる絶好の機会がやってきた。しかも復讐の機会がやって来たとも言えるから、マクスファーンの興奮は頂点に達しようとしていた。

『地上部隊が移動を開始しました』

「もどかしいな、この待ち時間が……」

情報通りなら、大気圏への突入は三十分後だ。マクスファーンはそれまでの時間を、逸る心を抱えて過ごさねばならなかった。

大気圏に突入すると、降下艇は発光し始める。それは船体を守る空間歪曲場と大気が接触する事で起こる。その接触部分で大気は急激に圧縮され高温のプラズマと化し、船体を焼かんとする。逆に船体はそれを防ごうと大量のエネルギーを消費、強固な歪曲場でその熱を受け流そうとする。結果、降下艇は光り輝くという訳だった。

『目標の降下艇が減速を開始しました』

そして実際に今、マクスファーンが見つめる三次元モニターの中で、標的を乗せた降下艇が明るく輝いている。既に大気圏への突入は始まっていた。これは遠距離から撮影した映像だったが、人工知能が画像に加工を施しているので、その姿がモニターにはっきりと映し出されていた。

「……なるほどな」

『いかがなさいましたか？』

「これが流れ星が輝く理由という訳だ。二千年前には想像もつかなかった」

二千年前の人間であるマクスファーンは、流れ星が輝く理由を知らなかった。地上に落ちた隕石の表面を見て、それらが例外なく高温を帯びていたらしい事までは分かっていたのだが、その理由については全く分かっていなかった。

『左様でございますな。それがそのまま青騎士との力の差でもあった訳です』

「だが今は違うぞ！」

モニターを見つめるマクスファーンの瞳がギラリと輝く。

「青騎士に手が届き、今やその翼を引き千切らんとしている！」

今のマクスファーンは流れ星が輝く理由を知っている。それはつまり宿敵である青騎士と同じ力を手にしたという事でもある。もはや力の差はない。そしてこの降下艇を破壊出来れば、上回る事さえ出来る筈だった。

『まさしく、その瞬間が近付いております。降下艇が高度二十五キロ地点を通過。シミュレーション通りなら、もうすぐ空間歪曲場を解除する筈です』

降下艇が大気圏に突入すると、大気の抵抗によって減速する。そして地表まで二十キロを切る頃には音速の近くまで減速していて、空間歪曲場による防御が必要なくなる。そのくらいの速度であれば、外部からの負荷は船体だけで十分に支えられるのだ。そしてそこからもうしばらく直線的に飛行しながらの減速が続く。この瞬間こそが、マクスファーン達が待ち続けた機会だった。

「では……攻撃しろ！　ありったけのミサイルを撃ち込んでやれ！」

ミサイルは一瞬で着弾する訳ではない。真下から撃ったとしても、二十キロの距離を飛ばねばならない。大気圏内での通常の飛行へ移る直前の、理想のタイミングで攻撃するには、この時点での発射が必要だった。

『地上部隊が対空ミサイルを発射』

ピ、ピピッ

小さな警告音と共に、立体モニターに十八の光点が現れる。光点は初めゆっくりと上昇していたが、幾らもしないうちに加速し、凄まじい速度で上昇し始めた。それらは全て超音速で飛行するミサイルだ。音速の五倍を遥かに上回る速度で空を駆け、瞬く間に敵を破壊する。目標の降下艇は大気圏の突破でエネルギーの大半を使い切っているので、全てのミサイルを防ぐ手立てはない筈だった。

「死ねっ、女共！　青騎士の手駒になった事を呪うがいいっ！」

興奮と憎悪に満ちたマクスファーンが見守る中、超音速まで加速したミサイルが大きな曲線を描(えが)いて敵機へ向かう。そして発射から数十秒後、ミサイルは降下艇に命中した。遠すぎて爆発音(ばくはつおん)は聞こえない。だがその爆発(ばくはつ)は大きかった。上空を見上げるカメラの映像には、巨大(きょだい)な爆発が映し出されている。その爆炎(ばくえん)と閃光(せんこう)によって降下艇の姿は見えなくなっていた。

『命中しました!』

「確かか!?」

『はい!　降下艇は幾つかのパーツに分かれて落下中!』

レーダーには幾つかの破片(はへん)に分かれて落下していく降下艇が映し出されていた。脱出(だっしゅつ)した様子もなく、乗員ごと撃墜したと考えられる状況(じょうきょう)だった。

「フハハハハハッ、どうするのだ青騎士(あおきし)ッ!　貴様の翼は引き千切ってやったぞ!?」

マクスファーンはこの時点で勝利を確信していた。頭脳を失った青騎士は精々もがくくらいの事しか出来なくなる筈だ。それが嬉(うれ)しくてならなかった。

「フハハハッ、やったぞグレバナス!　そしてこれを機に戦は大きく動き出す!」

『地上部隊を送って確認(かくにん)します!』

勝利を確信するマクスファーンとは対照的に、グレバナスは冷静に地上部隊へ指示を出した。もちろんグレバナスも勝利を喜んでいたが、ここで生来の冷静さが顔を出した。撃墜は確実と思われるが、それでも確認は必要――予想される船体の落下地点へ兵士達を送り、その目で状況を報告させるまでは手放しで喜ぶ訳にはいかなかった。

撃墜の数分後には、地上部隊が降下艇の落下地点に到着していた。そこには幾つかの破片に分かれた降下艇が転がっていた。またその周りの地面は落下時に大きくえぐられている。そして兵士達はえぐられた地面の縁(ふち)を乗り越え、破片の中でも一番大きい破片に近付いていく。その破片はまだ黒い煙(けむり)を上げており、熱を持っていた。装甲(そうこう)を失ってはいたが、撃墜された降下艇の本体部分で間違いなかった。

『グレバナス様、標的Aを目視で確認』

『どのような状況だ?』

『後部のロケットブースターは大きく破損していますが、船体は装甲へのダメージがあるだけで、原形を留(とど)めています』

『すぐに内部の確認を!』

『了解(りょうかい)、重歩兵を内部へ送ります!』

グレバナスは嫌な予感がしていた。船体へのダメージが少ない事が気にかかる。そんな一抹の不安を覚えるグレバナスが見つめるモニターの中で、巨大な装甲服を着こんだ兵士達がハッチをこじ開けて船内へ踏み込んでいく。その装甲服は環境の異なる惑星での戦闘も考慮に入った設計で、高熱や煙ではびくともしない。こうした役目にはうってつけだった。

「考え過ぎではないか、グレバナス。少なくとも高速で地面に激突したのは確かなのだ。中の者が無事である筈がない」

『私もそう思うのですが……』

問題の降下艇はミサイルの直撃を受け、船体を回転させながら森林地帯に叩き付けられた。大きく減速してはいても、それでも時速数百キロで叩き付けられたのは間違いないだろう。その衝撃は凄まじく、乗員が生存しているとは思えない。だからマクスファーンの言葉は正しいと言える。だがグレバナスはそれを信じ切れないでいる。これまで何度となく勝利を逃してきた経験が、彼を慎重にさせていた。彼の干涸びた顔は言葉同様に不安げだった。

『報告します！』

そんな状況の中、船内に入っていた兵士の一人が外へ飛び出してきた。その動きからは酷く慌てた様子が感じられた。

『船内の破壊は軽微！　死体もありません！　乗員は最初から乗っていなかったか、既に逃亡した模様！』

「なんだとっ⁉」

『まさか破損したロケットモーターが盾になったのかっ⁉　ええいっ、すぐに追うのだっ‼』

マクスファーンだけでなく、珍しくグレバナスも声を荒らげていた。降下艇の後部はロケットモーターを始めとする、巨大で強固な構造物が多い。それがミサイルの爆発の盾となってコックピットを守った。だから辛うじて操縦が可能で不時着に成功した――理屈としては有り得る話だが、可能性は非常に低い。標的の三人が現実離れした幸運に恵まれたという事になるので、簡単に納得できる話ではなかった。だがそれでも船内に死体が無いのは現実だ。その事を不思議に思いながらも、グレバナスは兵士達に直ちに三人を捜すよう命じた。

その日の孝太郎は苦手な仕事に取り組んでいた。孝太郎は成り行きとはいえＤＫＩの株式の過半数を保有しているので、代表取締役を決める権利がある。そして現時点ではこれまた成り行きで自身が代表取締役となっている。これはエゥレクシスを経営から切り離す為の措置としてとりあえず就任した訳なのだが、それでも代表取締役である事は間違いない。だから時節ごとに社員や株主に対して経営方針を示さねばならない。その演説の原稿を書いていたのだ。

「それでコウ、その会社をどうするつもりなんだ？」

賢治にそう問われ、孝太郎は一旦ペンを置く。ちなみにこのペンは電子的なものだ。同じく電子的な紙に書く為の道具だった。

「なるべく世の中に妙な影響を与えないようにしたい。戦いに勝つ為に買った訳だから、同業他社とかに迷惑をかけたくないんだよ。ＤＫＩを赤字にしたい訳ではないけれど、勝ち過ぎないようにしたいんだ」

演説でそのまま表明するかどうかは別として、孝太郎の経営方針は基本的に現状維持だった。これまでの事業をそのまま継続していく。取引先は個人であったり企業であったりと様々だが、孝太郎は責任を持って続けていきたいと考えていた。急な方針転換は混乱のもとだった。それと言うまでもない事だが、エゥレクシスが内密にやっていた違法な事業まで継続するつもりはない。またこれに加えて一部例外もある。ＰＡＦのような世の中の為になる事業に関しては、どの道あまり儲からないだろうから、積極的にやるつもりでいる。結果的にＰＡＦは需要が高過ぎて儲かってしまったのだが、方針としてはそういうつもりだったのだ。

「将来的にはＤＫＩは手放した方が良いんだろうな。俺が変に関わって社会の歪みの原因になってはまずいし、そもそも経営に関わっている暇もなさそうなんだよな」

「あはは、コウ兄さん、なんだかんだで軍の総司令だもんね」

　近くで話を聞いていた琴理が笑う。琴理にしてみれば、そもそも孝太郎が軍の総司令という事が馴染めない。そこに会社の経営者という要素が加わると、もはや笑うしかない状況だった。

「あのー、コータロー様。コータロー様が代表取締役から退くなんて言ったら、ＤＫＩは傾くんじゃないでしょうか……？」

　ナルファは笑っていなかった。彼女はある理由から、孝太郎よりも少しだけ経済的な知識があったのだ。

「えっ、なんでだい？」

「以前お兄様が言っていたんです。コータロー様がＤＫＩの経営者になった時から、馬鹿みたいに株価が上がっていると。それはＤＫＩだけじゃなくて、関連する企業全てで起こっているらしいんです。だからもしコータロー様が退陣という事になったら、その真逆の事が起こる訳で……」

ナルファには有名な記者である兄のディーンソルドがいる。そのディーンソルドが言っていたのだ。孝太郎の存在が経済に絶大な影響を与えていると。今はそれが良い方向に働いているが、逆の行動を取れば悪い影響だって出る筈だ。ナルファはそれを心配していたのだった。

「ぴゅーっと萎んでボンッ、だな。大暴落の引き金だ。アハハハハハッ！」

賢治は手を叩きながら爆笑した。孝太郎がＤＫＩの株を買って経営者となり、その影響でＤＫＩとその関連企業の株価は急上昇。ならば売れば逆に大暴落する。これでは孝太郎の望みに反し、世の中に妙な影響が出まくる結果となりそうだった。

「笑い事じゃないぞ、マッケンジー」

「まあ、二つに一つだな。大儲けしてから売るか、経営を誰かに任せるかだ」

ＤＫＩとその関連企業が大量にお金を稼いだ後なら、売ってしまってもダメージは吸収されるかもしれない。もしくは孝太郎がＣＥＯを雇い、経営を任せる手もある。雇ったＣＥＯが孝太郎の方針を守れば、影響を最小化するという目的が達せられるだろう。

——エゥレクシスにやって貰うのが良さそうなんだが……あいつ法的には大変な立場なんだよな……。

孝太郎は今のエゥレクシスになら任せられると思っていた。だが彼は法的には立派な反逆者なので、そういう訳にもいかなかった。どうしたものかと思っていた孝太郎だが、不意にもう一人ＣＥＯの候補がいる事に気が付いた。

「……マッケンジー、お前ＣＥＯやらないか？」

「なんだってぇっ!?」

急に話の矛先が自分に向き、賢治は笑っていられなくなった。賢治は座っていたソファーから慌てて立ち上がる。

「だってお前、口が上手いしさ。意外と根は真面目だしさ。俺は忙しいから友達が手伝ってくれる事になったって形にすれば、反発も少なそうだし」

「ふざけんなよお前！　俺を巻き込むなっ！」

賢治は大反対だった。孝太郎の様子を見ていてつくづく感じていたのだ。地位や名誉は身の丈に合うレベルまでにすべきだと。その視点で言うと、賢治が求める地位や名誉は、小さな会社の部長くらいまでだ。銀河の大企業のＣＥＯなど、足枷以外の何物でもなかった。

「良いアイデアだと思うんだがなあ……どう思う、キンちゃん？」

「私は良いと思うけど。兄さんを真面目な人生に追い込めそうで」

　琴理は兄とは逆に大賛成だった。賢治が『伝説の青騎士』の名代としてCEOに就任すれば、女性スキャンダルは無くなるだろう。孝太郎はフォルトーゼにおいては道徳的な意味での手本でもあるので、流石の賢治も孝太郎の名声を貶める様な行動は取れなくなる筈なのだ。先日の出来事のお陰で琴理と賢治の関係は改善していたものの、賢治がこういう立場になれば琴理も一安心だった。

「琴理！　お、お前という奴は――」

　もちろん賢治はこの妹の発言には不満しかなかった。だが幸か不幸か、賢治は琴理への反論を最後まで言う事が出来なかった。

　ドンッ

　賢治の言葉の途中で、何者かが部屋のドアを乱暴に押し開け、飛び込んできたのだ。

「青騎士閣下！　緊急事態です！」

　飛び込んできたのは皇国軍の兵士だった。緊急事態が起きた為に、孝太郎を呼びに来たのだ。孝太郎は飛び込んで来た兵士の勢いと表情を見て瞬時に事態の深刻さを悟ると、ペンと紙を投げ出して兵士に近付いていった。

「どうした!?　何があった!?」

「クラリオーサ皇女殿下とお仲間の皆様を乗せた宇宙船が、撃墜された模様です！」

「撃墜だってぇっ!?」

　孝太郎の表情が変わる。孝太郎は深刻な状況だろうと予想してはいたものの、流石にここまでの事態だとは思っていなかった。驚いた孝太郎はそのまま走り出し、報告に来た兵士とすれ違うようにして部屋を飛び出していく。目的地はもちろん皇宮の司令室だ。情報はそこに集まっている筈だった。


　フォルトーゼの皇宮には、皇国軍へ指示を出す為の司令室が存在している。これは皇帝が軍の責任者でもあるからだ。エルファリアの場合は孝太郎のせいで例外的な状況にあるが、代々そうであった事は間違いない。だから事件が起こればそこに多くの情報が集まってくる。今がまさにそうであり、孝太郎が司令室に飛び込んだ時には、そこは大騒ぎの真っ最中だった。

「だからキリハ様を皇宮から動かすなって言ったんだ！」

「そんな事を言っている場合か!?　三人の御無事を確認するのが先だろうっ!?」

「落ち着けお前達、あのお三方が揃っていて一方的に撃墜という事はあるまい！」

　クランとキリハとルースを乗せた降下艇が撃墜された。その情報がもたらされると司令室は大混乱に陥った。三人はフォルトーゼ陣営の中でも、際立って価値のある顔触れだ。クランは皇女という役職にありながら、科学技術と諜報に長けている。キリハは戦略や政策の立案からその為の交渉に至るまで、軍師や政治家として高い能力を誇る。ルースに関しては軍事と経済両面の調整役として活躍している。この三人が揃っていれば巨大な案件を動かす事が出来るので、いわばエルファリアと青騎士の懐刀と言うべき存在だった。その三人が急に居なくなった訳なので、大混乱に陥るのも当然と言えるだろう。

『青騎士閣下が御入室！』

　だが人工知能が司令室全体に対してそう告げると、一旦その喧騒は鎮まった。孝太郎は軍における最高責任者。その孝太郎の動きを妨げる様な行動は慎まねばならない。その孝太郎は自らの席に座る前の段階で口を開いた。

「それで状況はっ!?」

「現時点で事実として確認されているのは降下艇『流れ星K十七』が最終減速中に撃墜された、という報告のみとなっています。この情報は地上と上空、複数のカメラ映像にて確認が取れております」

撃墜の第一報は、哨戒任務中だった皇国軍の偵察機からもたらされた。パイロットはスケジュール通りに大気圏に突入してきた宇宙艇を目視とレーダーで確認しており、その報告をコンピューターに入力した。その後、偵察機は元の任務に戻り周囲を偵察して危険がないかを調査中だった。そのしばらく後、偵察機は地上から発射される超音速ミサイルを探知、それを更に報告した。そしてミサイルの目標が『流れ星K十七』である事を報告した直後、偵察機は別のミサイルによって撃墜された。

第二報は地上と宇宙、双方からの観測によるものだった。フォルトーゼでは大気圏の突入を行う場所にはカメラを向けておくのが一般的だ。外からの視点は、安全の確認や事故が起きた時の検証に便利だからだ。要人が乗っている時は特にそうで、事前に各種のカメラやセンサーを向けておいた場所を降下していくのが基本的なルールだった。今回もその例に漏れず『流れ星K十七』は指定通りの地点で降下した。その減速が終わり切らないタイミングで超音速ミサイルが飛来し『流れ星K十七』は攻撃を受けた。この直後、飛行の軌道が大きく変わり、しかも宇宙船の飛行としては正しくない曲線を描いて地面に落下した為、撃墜と判定されたのだった。

「何故地上から迎撃される⁉　情報漏れか⁉」

　この事件における問題は、地上から迎撃があった事だ。もちろん降下場所は毎回違う場所を指定するが、会議場の周辺に降下に適した環境の地点はそう多くはないので、何回かに一回は同じ地点が使われる事があった。だが降下地点の候補全てに迎撃用の兵器を配置するのは現実的ではない。それだけの数の兵器を皇国軍にバレないよう秘密裏に配置するのは流石に困難だろう。だから情報が漏れたと考えるのが自然だった。

「現時点では断言出来ませんが、その可能性が高いかと思われます」

「地上部隊は送ったか?」

「既に即応部隊が発進。到着は七分後との事です」

「信じないぞ俺は！　あいつらが死んだなんて！」

　ダンッ

　孝太郎は悔しそうに自分のデスクに拳を叩き付けた。これは孝太郎達の考え方が甘かったから起こった事件だった。

　――マクスファーンを甘く見過ぎた……手段を選ばない敵であれば、あの三人が狙われるのは当たり前じゃないか！

　大規模な戦争を考える時、一番危険な敵は孝太郎やティアのような人間ではない。キリハやルース、クランのような人間だ。戦場全体を管理し、人材や物資を調整する人間こそが最も巨大な脅威なのだ。例を挙げれば、確かにティアは強い。恐らく特定の戦場では勝ちまくるだろう。その影響は周囲の戦場にも多少の影響を与えるだろう。だがもしそこに補給が来なかったらどうなるだろう？　無敵のティアも弾が無ければ戦えない。全ての戦場に過不足なく補給するルース、各地の戦場をバランスよく動かして部隊のダメージを管理するキリハ、そして各種兵器の修理・製造や情報収集を担当するクランが居るからこそ、勝ち続ける事が出来るのだ。そして幾度も戦争を経験しているマクスファーンとグレバナスはそれを誰よりも良く理解している。だから三人を狙った。孝太郎達に対する恨みという意味も込められているだろうが、戦略としては全くもって正しい。戦争が始まりそうな状況で三人を会議へ送り出したのは、確かに迂闊だったと言えるだろう。

「青騎士閣下、発言をお許し下さい」

　そうやって後悔しきりの孝太郎に対し、発言を求める人物があった。それは孝太郎からは少し離れた位置の、クランの席――今は誰も座っていないが――の傍にある席に座っている女性だった。

「君は？」

「諜報部の者です。クラリオーサ殿下から、この状況になったら閣下に伝えるようにとメッセージを預かっております」

「クランから!?　言ってくれ!!」

「殿下が仰られたまま、お伝え致します。『何か事件が起こったら、ベルトリオンの席のヘッドレストを右手で三回叩くように伝えて欲しいのですわ』との事です」

「ヘッドレストを右手で三回、だと……？」

クランの伝言は奇妙なものだった。何か意味がある行動とは思えない。孝太郎はキツネにつままれたような気分で席を立つと、言われた通りにヘッドレストを三回叩いた。

トン、トン、トン

「これに一体何の意味が――」

『指定されたコマンドを確認しました』

その直後の事だった。司令室の人工知能が孝太郎の行動に反応した。この不思議な行動は人工知能に対する隠しコマンドだったのだ。

『青騎士閣下、クラリオーサ殿下からのメッセージを再生致します』

そして司令室の大型モニターにクランの姿が映し出された。その背後にはルースとキリハの姿もある。この映像の撮影はこの部屋で行われたらしく、見慣れた司令室の機材が映り込んでいた。

『……パルドムシーハ、これってもう撮影は始まっていますの？』

『はい。既に始まっております。ですからつまり、もうおやかたさまがご覧になっております』

『わっ、ちょっ、ごほっ、おほんっ。………ベルトリオン、これをご覧になっているという事は、大騒ぎの最中の筈ですわよね？』

「今更カッコつけても無駄だぞ」

『おだまりなさい！』

「………!?　何故ツッコんだと分かった!?」

『と、ともかく………今から大事な事をお伝え致しますわ。なぜこのような事が起こったのか、これからどうすれば良いのか、という事を』

そうしてクランは話し始めた。何故彼女達三人を乗せた降下艇『流れ星K十七』が撃墜される事になったのかを。

始まりは一週間以上前の事だった。クランの指揮下にある諜報部が、ある情報をもたらした。それはフォルトーゼ解放軍の諜報員がクランとキリハ、そしてルースの動向を重点的に追っており、その目的がどうやら暗殺であるらしいという事だった。

「穏やかじゃありませんわね……まあ、いつも通りに致しましょう」

　当初クランはいつも通りの対応をしようとした。敵の諜報員が情報収集の為に皇宮に侵入しようとする事件は、これまでにも度々あった。今回はそのターゲットがクラン達三人というだけなので別段驚くような事でもなく、クランは諜報部にいつも通りの処置をして貰うつもりでいた。だがそれを止める者がいた。

「――待った、クラン殿」

「どうしましたの、キィ？」

　止めたのはキリハだった。報告があった時に、たまたま彼女と話をしていたのだ。そのキリハはクランを制止した後、真剣な顔でクランの席のモニターを覗き込んだ。

「この好機を逃すのは惜しいと思ってな」

「好機？」

「この先の事を思えば、この一件をマクスファーン達の情報を得る為の手段として利用したいのだ」

　キリハが心配していたのはマクスファーン達に関する情報不足だった。本拠地は何処なのか、軍の規模は、協力している地域は何処なのか等、知りたい事は沢山あった。だが直前まで指揮を執っていたラルグウィンが優秀であったせいで、その全貌は掴めていない。そして敵の全体像が掴めていないまま、大規模な戦いに突入すれば酷い目に遭う。そこでキリハはこの機会を利用して彼らの情報を掴もうと考えていたのだ。

「具体的にはどのような事をお考えですか？」

この時同席していたルースが口を挟む。ルースは孝太郎を勝たせる為になら何でもする覚悟がある。だからキリハのこの提案には興味があった。

「向こうの情報が欲しいのだから、向こうがリスクを覚悟して頻繁に情報をやりとりする状況を作りたい。しかしそれでいてまだ全面的な戦闘にはしたくない」

「戦闘並みに指示が飛び交い、それでいて大規模な戦闘ではない……そんな事可能ですの？」

「確実ではないが、可能性はある。問題の諜報員達に情報を与え、向こうに我ら三人を暗殺する機会を提供するのだ」

「わたくしたちを⁉」

ルースの顔色が変わる。これは予想もつかない提案だった。ルースもキリハが天才だとは分かっていたが、流石にこれには驚かずにはいられなかった。

「だがもちろん本当に暗殺されてしまう訳にはいかない。そこで向こうの作戦が終了してしまうし、そもそも死にたい訳ではないからな。向こうに攻撃させ、かつ我らは生き延びねばならない」

「そっ、そういう事でしたのね!!　そうなれば、連中はわたくし達を暗殺する為に軍を展開して、指揮官達とリアルタイムで密な通信が必要になる!!」

すぐにクランにもキリハの言いたい事が伝わった。この方法なら確かに、敵の指導層の情報を掴めるだろう。その可能性は十分にあった。

「ここからは可能性が大きく下がる話だが、もしマクスファーン達がリアルタイムでの通信が可能な地点まで来てくれれば、追跡して本拠地を割り出せるかもしれない」

普通に作戦の指揮という事を考えると、通信の遅延で許されるのは長くて十秒以下だろう。つまり光の速度で十秒以内の地点に居ない事には、まともに作戦の指揮は執れない。すると暗殺作戦ではその球状の範囲内にマクスファーン達がいるという事になる。しかも頻繁に通信波を出している。上手く捕捉できれば、追跡して本拠地を見付け出す事も可能だろう。だがこれは最高に上手くいった場合の話だ。マクスファーンが現場の兵士達を信用しているなら、通信にもっと時間がかかる地点まで後退している場合も十分に考えられる。そういう場合は、通信波の分析や、敵の艦船のどれかを追跡する事で、フォルトーゼ解放軍の情報を収集するという結末になる。しかしそうであっても、キリハはリスクに見合った十分な情報が得られると考えていた。

「………な、なんとまあ………とんでもない事をお考えになられましたね………」

ルースは開いた口が塞がらなかった。どうやったらこんな作戦を閃くのか、ルースには想像も付かない。だが逆に分かった事もある。こういうキリハだからこそ、敵の諜報員は暗殺しようとその情報を嗅ぎ回っているのだろう、と。

「………その為にわたくし達三人を囮に使う………だが本当に死んでしまわない為の準備をする。これは難題ですわよ、キィ………」

クランはキリハの意図を理解したが、これはとても難しい課題だった。暗殺が起こる場所によっては、準備も何もないだろう。事前にそれが可能な環境に誘導してやる必要があった。そして相手はルール無用の軍事組織。必要以上の火力で来る事は目に見えていた。それらを何らかの手段で防がねばならない。しかも完璧に防いではまずい。あとちょっとで倒せるというくらいのダメージは負ってやらねばならない。そうしなければ敵の密な通信を引き出す事は出来ないだろう。

「分かりましたよ、キリハ様。今度の会議、ええと『フォルトーゼ経済発展会議』の情報を流すのですね?」

「正解だ」

「そうかっ、その会議はわたくし達が三人とも参加する！　向こうは狙いを絞り易くなりますわね！」

敵は暗殺の為に三人の情報を集めているという。だったら三人が揃う時の情報をリークする。そうすれば敵はそこに狙いを定める。またこの会議には宇宙船で移動するので、敵がどのタイミングで攻撃して来るのかも分かり易い。都合が良過ぎる状況だと見破られて攻撃されない場合もあるだろうが、他の情報を流して敵の攻撃タイミングが読めなくなるよりはずっと良かった。

「という訳でルース、ティア殿のスケジュールの変更を」

会議には三人にプラスして、ティアの参加が予定されていた。だがキリハは、ティアまで巻き込まれる必要はないと考えていた。

「分かりました、そのように手配致します」

「ティアミリスさんが一緒ではまずいんですの？」

「リスクがゼロではないのと、ティア殿が優秀過ぎるのが原因だ。ティア殿がわざわざ敵にやられそうになる訳だからな」

「……………何らかの作戦を疑われかねませんわね」

キリハも生き残るつもりでは居るのだが、流石に百パーセントの保証はない。そもそもが情報を得る為に無理をしようという作戦なのだ。これに現時点では狙われていないティアを同行させ、余計なリスクを負うべきではないだろう。加えてティアが同行しているのに、一旦は敵に出し抜かれて見せねばならない。これは戦闘のエキスパートであるティアが同行していると、不自然に見える筈だ。戦闘のエキスパートではない三人が暗殺されかけ、這う這うの体で逃げる。だからフォルトーゼ解放軍は追跡し、密に通信を行う。この構図を守る為には、ティアは同行させるべきではないだろう。また意図的に情報を流す訳なので、ティアを同行させない事で敵の警戒を緩められる筈だった。グレバナスは罠ならティアを無理にでも同行させる事で、囮の価値が上げると推測する筈だ——というのがキリハの考えだった。

「大作戦ですね。上手くやり切ればいいのですが……」

「同感ですわ」

ルースとクランはキリハの提案に賛成だった。自分達がリスクを負う事で、フォルトーゼ皇国軍、ひいては孝太郎が大きく時間を稼ぐ事が出来る。だから実行する事に迷いは無い。だがそれでも、不安が無いという訳ではなかった。

「しかしまあ、向こうがこのキィを倒せるならと考える気持ちも分からないではありませんから、意外と成功するかもしれませんわね……」

「心外だ。小娘の他愛のない戯言なのに」

「……正直に申しますと、キリハ様が味方で本当に良かったです」

こうして三人は自ら暗殺されかける事を選択した。危険はあれど、そうすれば戦争全体の勝利を早められる。それはそのまま国民の被害を減らす事に繋がるし、何よりも孝太郎を戦場に長居させずに済む。彼女達にとっては十分に冒す価値があるリスクだった。


あえて危険に挑むと決めた三人だったが、最大の問題はやはり敵がどのタイミングで攻撃して来るかという事だった。

「戦術的に考えると、狙える場所は限られる。宇宙空間はまずないだろう。空間歪曲航法の出現位置を事前に把握して迎撃するのは現実的ではない」

キリハは宇宙空間での暗殺は難しいと考えていた。これは惑星アライアへ行く為に一度空間歪曲航法が必要だからで、おかげでキリハ達三人を乗せた宇宙船がどの位置に出現してアライアへ向かうかが分からない。だからそこでの暗殺はあまりに運任せとなり、軍事作戦と呼べるようなものではなかった。

「それに……わたくし達が宇宙戦艦に乗っているうちに攻撃するのも、賢いやり方ではありませんよね」

三人は宇宙戦艦に乗って惑星アライアの軌道上へ行き、そこから降下用の宇宙艇に乗り換えて会場を目指す。当然防御は宇宙戦艦の方が固く、降下艇を攻撃する方が簡単だ。仮に宇宙戦艦ごと暗殺したいなら、対艦兵器が必要になる。だがもしそんなものを隠密裏に運び込む事が出来るなら、最初から皇宮を襲うべきだろう。

「まとめると我らが降下艇に乗った後で、かつ警備が厳しい会議場の近くは避けたい。つまり大気圏突入から会場到着の間の何処か、という事になるな。クラン殿、技術的に見て降下艇が一番無防備になるのは？」

キリハは戦術的には暗殺は降下開始から会議場に近付く前までの何処かになるだろうと考えていた。そしてその先、結論を得る為にキリハはクランに助言を求めた。

「……減速が終了する直前ですわね。減速中は高熱から身を守る為に歪曲場を使いますから、その時点ではエネルギーを殆ど使い切っていますの。それに飛行が直線的で誘導兵器が使い易い筈ですわ」

クランの答えは明快だった。やはり一番無防備になるのは減速が終わる直前。彼女達は知る由もないが、それはグレバナスと同じ結論だった。

「誘導兵器以外の可能性はどうでしょうか？」

武器は誘導兵器――ミサイルや無人機など――ばかりではない。レーザーやレールガン等、他にも可能性はあるだろう。だがクランは誘導兵器に絞って話している。ルースはその理由が気になっていた。

「レーザーやレールガンでは弾の出所が分かり易過ぎるからですわ。最初の一発を撃った時点で、軌道上からの対地砲撃で殲滅されてしまいますから」

レーザーやレールガンは、撃つ直前から酷く目立つ。発射の為に高エネルギーを溜め込むので、それを感知されてしまうのだ。また弾が直線的に飛ぶのも厄介だった。その直線を遡れば発射装置に辿り着く。そしてそこへ軌道上の宇宙戦艦から対地レーザーが降り注ぎ、万事休すとなる。降下艇を一発で確実に倒す前提の作戦でもない限り、この局面ではレーザーやレールガンは使い難い筈だ。ちなみに似たような事は実弾兵器にも言える。発射時の爆音で目立つし、弾も比較的直線的に飛ぶ。発射装置が見付かりやすいという点では同じだった。

「だから光学観測と併用可能な誘導兵器という話になるのですね」

「そうなりますわね。まあ厳密に言うとレーザーは更に、機体を取り巻く高温の大気が邪魔になりそうですけれど」

確実に撃墜するなら、誘導兵器を沢山発射するのが良い筈だ。減速しつつもまだ直線的に飛ぶしかない降下艇なので、超音速のミサイルが外れる事はないだろう。また問題の対地砲撃に関しても、フォルトーゼの多連装ミサイルシステムは同時に全弾を発射する事ができるので、やられても暗殺そのものは阻止できないのだった。

「つまりクラン殿はその超音速ミサイルを防がねばならない。しかもある程度やられて見えるようにしなければならない」

普通、降下用の宇宙艇はミサイルの集中攻撃には耐えられない。つまりクランはそれが可能となるように、手を尽くさねばならなかった。しかも完璧に防ぐのはまずい。幾らかやられて見える細工が必要だ。そうしないと罠を疑われてしまうからだった。

「………随分簡単に言ってくれますわね、キィ」

「期待しております、クラン殿下」

「全く、貴女達ときたら………」

クランは二人の言葉に呆れつつも、その頭は既に目まぐるしく働いていた。どうすれば攻撃を防げるのか、どうすればやられたように見せられるのか。しかも制限時間は一週間しかない。それはクランのこれまでの経験と知識の全てが試される、究極の課題と言って差し支えなかった。

　クランはその困難な課題に対して、明快な回答を出した。その為に彼女は、降下艇に大きく三つの機能を追加した。一つ目は強化した空間歪曲場だった。

「追加の空間歪曲場を起動！　それと、殆どエネルギー切れでも構いませんわっ、元の歪曲場も展開なさいっ！」

『仰せのままに、マイプリンセス！』

　飛来した十八発のミサイルに対し、クランは最初妨害電波と囮で対抗した。だがそれでかわす事が出来たのは僅かに二発。残る十六発のミサイルに対し、クランが講じた防御策がこの強化した空間歪曲場だった。本来の空間歪曲場に付け加える形で設置されたこの新たな防御装置は、本来宇宙戦艦に搭載されるべき強力な代物だった。また同時に専用の動力も追加されており、大気圏の突破後でもきちんと作動した。

　ドゥンッ、ドドドンッ

『アラートメッセージ、ミサイル八発が着弾。損傷軽微、ただし歪曲場は崩壊。再起動に三十八秒』

「上出来ですわっ！」

おかげで八発はこの強化された歪曲場によって防ぎ切った。だがそれでもミサイルは残り八発。歪曲場はエネルギー切れとなり、これ以上は防ぎ切れなかった。

「今ですわっ、カラマ、コラマ！」

『クランちゃん、お任せあれだホー！』

『増幅装置起動、霊子力フィールド緊急展開だホー！』

「頼みましたわよ、全ては貴方達の根性にかかっていましてよ！」

追加された第二の機能は、本来の装甲の上から取り付けられた、新たな装甲板だった。それらは爆発反応装甲であり、ミサイルの着弾に合わせて自ら爆発し、その爆圧を和らげてくれる。爆発を爆発で相殺する、ある種の力技だった。しかもその爆発反応装甲は、カラマとコラマが発生させた霊子力フィールドとの複合装甲になっている。爆発反応装甲は二段重ねであり、その間には霊子力フィールドが存在していた。本来の埴輪達の力ではミサイルは防げない。だが重武装ユニットであるオオヒメに付いているのと同じ増幅器が組み込まれており、十分な防御力を提供してくれていた。この二段重ねの爆発反応装甲と霊子力フィールドにより、更に六発のミサイルを防いだ。だがそれでもまだ二発だけ残っている。クランが講じた暗殺対策は残り一つ。だがその一つは、必ずしも防御の為のものではなかった。

『皇女殿下、即時脱出を推奨』

「クラン殿下！」

「分かっていますわそんな事ッ！」

「今ですわパルドムシーハ！　点火なさい！」

「仰せのままに、マイプリンセス！」

ダンッ

オペレーター席にいたルースが操作パネルに右の拳を叩き付ける。するとその直後、思いがけない事が起こった。

ズドンッ

大きな爆発。だがそれはミサイルによるものではない。降下艇の内側から起こった爆発だった。ルースの操作により、降下艇は自爆したのだ。

「後は祈って下さいましっ！　ここからは神頼みですわよっ！」

この自爆は本来、証拠隠滅の為のものだった。降下艇に追加された新しい機能は、基本的にその殆どが後部のロケットモーターの近くに設置されている。例外は爆発反応装甲だが、それらは既に作動して吹き飛んでいるから、ロケットモーターの辺りを自爆させれば証拠は残らない。これにより暗殺を察知して対策をしていた証拠は消え、ミサイルの多くがロケットモーターの辺りに被弾してコックピットは無事だった、という偶然を演出できる筈だった。

ドンッ

「やった⁉」

そしてクランはそれを最後のミサイルを防ぐ為に利用した。彼女は最後の二発が接近して来るタイミングで自爆した。それによりロケットモーターの周辺が吹き飛び、大小様々な破片が撒き散らされた。その破片を浴びてミサイルは起爆し、最後の爆発を起こした。

「きゃあああぁああぁぁぁぁぁっ‼」

「おやかたさまぁぁあぁぁぁぁぁっ‼」

「儚い人生であった………」

『流石姐御だホ』

『動じていないホ』

結果的にクランは全てのミサイルを見事に防ぎ切った訳だが、完全に無傷とはいかなかった。船体は大きくダメージを受け、幾つかのパーツに分かれてしまった。幸いな事にコックピットブロックは一つの塊のままであり、しかもその気密は保たれていて三人とも無事だった。だがコックピットブロックは錐揉み回転しながら落下の真っ最中。安全装置が働いて無事に不時着出来るかどうかは、神のみぞ知るといった状況だった。

クランが目を醒ました時、彼女は天井からだらりと垂れ下がっていた。だが厳密にはこの表現は正しくない。不時着した時にコックピットブロックが逆様になったので、天井ではなく床だ。そして彼女は操縦席のシートに固定されていた。そこから髪と腕がだらりと垂れ下がっていたのだった。

「う、うぅ……カラマ……コラマ……？」

『ホー、クランちゃんが目を醒ましたホー』

『大丈夫ホ？　頭が痛かったりしないホ？』

「怪我は無いようですけれど……酷い目に遭いましたわね……」

クランはカラマとコラマの助けを借りながらシートから抜け出す。言葉通り怪我は無さそうな様子だったが、その表情には色濃い疲労が刻まれている。歪曲場によって回転の勢いは軽減されてはいたものの、全くのゼロにはなっていない。普段から運動不足気味のクランには、振り回された疲労は大きかった。

「大丈夫、クランおねえちゃん？」

この時ばかりはキリハの言葉は優しかった。二人きりの時にしか出さない優しい声がクランに注がれている。もちろんその瞳も同じだけ優しかった。

「貴女は元気ですのね……って、ああ、前からですわね」

「ジェットコースターとか平気だもん」

「そうだったそうだった……ふふ……」

小さく笑うとクランは自分の服装を整える。自然とキリハもそれに手を貸していた。そんな二人の所へ大真面目な顔をしたルースがやってきた。

「お話の途中申し訳ございません。すぐにも出発しなければ。敵が参ります」

既にルースは出発の準備を整えつつあった。彼女は目を醒ました直後から、エマージェンシーキットや携帯食料等、必要なものをリュックサックに詰め込んでいた。敵が来ると分かっていたので、キリハとクランを埴輪達に任せてその作業にあたっていたのだ。

「殿下はこちらを。私物と工具を入れておきました」

「何から何まで助かりますわ、パルドムシーハ」

『姐(あね)さんはこれだホー』

『少し軽めにしておいたホ』

「ありがたい。運動不足気味の自覚はある」

そうして三人は不時着から殆ど間を置かずに降下艇の外へ這(は)い出した。上下が逆になっていたので多少移動に苦労したものの、元々宇宙船なので上下左右に出入口があり、外へ出る事自体はそう難しい事ではなかった。

「改めて見ると、よく無事で済みましたね……」

ルースもデータ上は知っていた事だったが、外に出てみると降下艇が受けたダメージが実感を伴(ともな)って伝わってきた。ボロボロになった装甲や、吹き飛んでいるロケットモーター周辺などを見ると、コックピットが無事だった事が信じられなかった。

「クラン殿が頑張(がんば)ってくれたお陰(かげ)だ」

『凄(すご)いホー!』

『お手柄(てがら)だホー!』

「どちらかというと安全装置のお陰でしてよ。残念ながら、わたくしの力で着陸した訳ではありませんわ」

ＰＡＦや孝太郎の鎧(よろい)がそうであるように、基本的に空間歪曲場には浮遊(ふゆう)能力がある。当然歪曲場を防御や航法に利用する宇宙船は、それを安全装置として利用している。だからジェネレーターと歪曲場の生成装置が無事であれば、不時着だけは何とかなる。問題はその二つを守り切れるかどうかだった。

「同じ事ですよ、殿下。安全装置を守り切ったのは殿下ですから」

「けれど、お手柄とまでは言えませんわね。これでは乗り物が出せませんわ」

褒められた格好だが、クランの表情は暗い。実は一つ、予定外の問題が起こっていた。本来はここから乗り物に乗って移動する事になっていた。だが不時着した時にハッチが歪んでしまっていて、その乗り物を取り出せなくなってしまっていたのだ。

「未来の予測は難しい。どうしようもない事もある」

「そういえば貴女、未来予知をする人間に勝った事がありましたわね………ふふふ、貴女がそうおっしゃるなら仕方ありませんわ。この状況を前向きに捉えましょうか」

「その意気だ」

「パルドムシーハ、方向は？」

「こちらへおいで下さい」

『ホー』

『ホホー』

そんな訳で三人と二体は早々に降下艇の不時着地点を後にした。マクスファーン達の地上部隊が撃墜を確認(かくにん)しに来るのは明らかだからだ。一刻も早く安全な場所へ移動し、仲間の助けを待たねばならなかった。

逃避行　十二月五日(月)

科学技術が発展したフォルトーゼでは、森の中に残る足跡を画像解析で見付け出す事などお手の物だった。だからキリハ達が最初に行ったのは、歪曲場やＰＡＦを使ってしばらく浮遊して移動する事だった。

「そろそろ降りて歩こう。敵に空間歪曲反応を探知されるのもまずい」

「そうですわね、向こうも地上に展開した頃でしょう。……そうだパルドムシーハ、この空域の通信状況は？」

「暗号化されているので内容は分かりませんが、数分前よりは明らかに通信量が増えています」

「追手がかかったのだろうな」

現時点ではまだフォルトーゼ皇国軍側の戦力は到着していない。だからこの空域で飛び交う通信波は全て敵勢力のものという事になる。そして本来この場所は皇国の支配地域なので、フォルトーゼ解放軍にとっては敵地のド真ん中。本来は通信などしたくはない筈の状況だった。にもかかわらず通信の密度が上がったという事は、敵がなりふり構わず追って来ているという事になるのだった。

「まずは期待通りに動いてくれているようですね」

ルースは通信を監視するアプリケーションを待機状態にしながらキリハを見る。キリハは頷いた。

「何よりだ。問題はここからだ」

「追手から逃げないといけないのに、完璧に撒いてしまうとまずい。厄介ですわね」

ここでも降下艇に乗っていた時と状況はさほど変わらない。敵が上官に意見を求める必要がある状況を維持する事で、通信量を増やす。上手くいけばそれが敵の拠点を見付ける手掛かりとなる筈だった。

「我らの生存能力が試される訳だ」

「幾らかでも兵力を伏せておくべきでしたわね」

「それをして向こうに悟られるのもまずい」

キリハも味方の兵力を事前に配置する事を考えなくもなかった。だがやはりそれでマクスファーン達に気取られる事を心配した。敵は孝太郎の因縁の相手であるマクスファーンとグレバナス。見縊る訳にはいかなかった。

「わたくしもそう思います。それに……わざと撃墜されるから兵力を伏せたいなんて言ったら、おやかたさまはそもそも撃墜される事に絶対に反対なさったでしょう」

ルースにはキリハが言った理由以外にも、味方を配置するべきではないと考える理由があった。それは孝太郎だ。味方の兵を配置するとなれば、孝太郎の耳にも入るだろう。そうなるとわざと撃墜されるという行為そのものに、反対するであろう事は想像に難くなかった。

「それは騎士団員としての意見？　それとも女の勘でして？」

「……両方です」

ルースは静かな眼差しで堂々と言い切った。それはかつての彼女には出来なかった言動だ。だが今のルースには確信がある。公私のどちらにおいても、自分は孝太郎に必要とされているのだと。

「では、どのみち兵は諦めるしかなかったですわね」

「そして無事に帰らねばならない。大きな怪我でもして帰ろうものなら、孝太郎は我らを絶対に許さないだろう」

そしてそれはクランとキリハにとっても同じだった。だからこそ三人は、わざと撃墜されるなどというリスクを受け入れた。等しくリスクを負い、大好きな人を勝たせる。守られているだけで良い筈がなかった。

「もちろんでございます。これが蛮勇ではなく、正当な作戦であったと証明する必要がありますから」

ルースはそう言って力強く頷いた。その瞳も同じだけ強く輝いている。それは他の二人も同様だ。悪い状況ではある。だが三人は絶対に無事に帰るつもりでいた。


最初に敵の接近に気付いたのは埴輪達だった。それは埴輪同士の絆と勘による成果だった。これをあえて工学的に言うなら、同型機が二体それぞれ別々に取得したデータを、長年の人工知能の学習効果を活用して分析し比較、敵の存在を見付け出したのだった。

『この不自然な霊力の集合は間違いなく兵隊さん達だホ！』

『でも霊力の空白が少ないから、大型兵器はない筈だホ』

「向こうも隠れたいんだろう。皇国軍の衛星や偵察機に見付かれば対地攻撃の的だ」

まだ距離があるので埴輪達の分析には多くの推測が含まれている。だがそれでも状況は明らかになりつつあった。やはりフォルトーゼ解放軍は追手を出していた。比較的小規模な部隊で三人を追っている。だが追手である筈のフォルトーゼ解放軍もまた、派手な行動は取れないでいる。フォルトーゼ皇国軍が上空から見ているからだ。見付かれば砲撃なりミサイルなりで攻撃されるから、キリハ達と同じように隠密行動が必要となっていた。同じ理由で大型兵器も無い。追う方も追われる方も、森の木々を盾に慎重に進む必要があるのだった。

「だったら上空から皇国軍に発見して貰うというのはどうでして?」

味方が上空に居るなら、合図を送って援軍を求める――クランのこの考えは至極当然のものだろう。だがルースは残念そうに首を横に振った。

「お勧めしかねます。既に上空には解放軍のステルス無人機が展開しているようです」

「……味方の到着より先に、攻撃を受けますわね」

上空に皇国軍の目があるように、解放軍の目も存在している。流石に衛星や偵察機は無いものの、小型の戦術無人機が何機か上空に展開しているのだ。つまり味方に発見されるのと同時に、敵にも発見される。味方は援軍として護衛の無人機を送るだろうが、敵はミサイルや自爆型の無人機を送ってくるだろう。それらは同時に到着するだろうから、結果は明らかだった。

「合図か………ふむ、必ずしも悪い考えではないかもしれない」

クランとルースのやり取りを聞いていたキリハは、なにがしかの結論に至った。クランはそんなキリハの様子が気になり訊ねた。

「どういう事ですの、キィ？」

「試したい事がある。二人共手を貸して貰いたい」

「分かりました」

「それは構いませんけれど………」

ルースは即座に、クランは不思議そうに頷く。そして大真面目な顔のキリハは、そんな二人に対してこの先の作戦を説明し始めた。

キリハ達三人の暗殺作戦では、地上には二種類の部隊が配置された。一つはもちろん迎撃用のミサイル部隊だ。この部隊は六連装の超音速対空ミサイルを装備した戦闘車両を持っていて、予測された宇宙艇の降下範囲に八部隊が展開していた。実際にはその内の三部隊が攻撃に参加し、合計十八発のミサイルで攻撃を行った。もう一種類の部隊は、通常の地上部隊だった。装備は比較的軽装の部隊だ。というのもこの部隊はミサイルでの暗殺に失敗した時に備えて生存者を追跡するという役割なので、敵地での隠密行動が必要だ。だから車両や大型の兵器は使えず、携行武器や比較的小型の無人機を使って戦う。どちらかというと、戦闘部隊というより偵察部隊に近い構成だ。人数も分隊規模で、全部で十名。これが予想される降下範囲に、同じく八部隊展開していた。

「素人相手の簡単な任務だと思っていたのですが、なかなかどうして見付からないものですな」

　分隊の副長は腕組みをして唸った。現在キリハ達を追っていたのは、八つの部隊のうちの一つだった。彼らは降下艇の不時着地点から二キロほどの位置に展開していて、指示を受けて現場に急行。キリハ達の生存を確認して上官に報告。現在は新たな指令を受けて彼女達の足取りを追っていた。

「足跡が残されていないという事は、こちらの手の内を知っている敵という事だ」

「あっ!?　そういえばクラン皇女は確か、諜報部の指揮を執っている筈です！」

「……長い一日になりそうだ……」

　分隊長は既に長期戦を覚悟していた。不時着した降下艇の周りに足跡が残っていない。

そのあまりの綺麗さに、まだ船内に隠れているのではないかと疑った程だった。だが新型の生命探知機――実は簡易的な霊子力センサーだが彼らはそれを知らない――で確認したので逃げたのは間違いなかった。しかも生存者達はそれを不時着から十数分で実行している。事故に遭った民間人の手際ではない。生存者達が戦場に身を置いた事がある人間である事は明らかだ。油断していれば逃がしてしまうだろう。

「皇女達は何処へ消えたのでしょう？」

「お前ならどこへ逃げたい？」

「味方が居る方へ……と言いたいところですが歩くには距離があります。そして南は海が近く逃走や潜伏には適さない。北の丘陵地帯へ向かいつつ、潜伏に適した場所があればそこに隠れる、といったあたりでしょうか」

「俺もそう考えた」

南は数キロ先で海。海岸線に追い込まれるのを避けたい筈なので、そちらに行ったとは考え難い。普通に考えると北にある丘陵地帯へ逃げ込むだろう。森林は丘陵地帯にも続いているので隠れやすいし、しかも洞窟や渓谷等の隠れやすい地形もそちらの方が多い筈なのだ。

「では北へ？」

「……向こうは手練れだ。我々がそう考えると読むのではないか？」

「だとしたらまだこの辺りに潜伏しているかもしれません。こちらにもあまり時間はない訳ですから」

だがキリハ達が手練れであると仮定した場合、あえてこの周辺に留まる可能性も考えられた。短期的には時間はキリハ達の足を引っ張るが、中長期的には解放軍の足を引っ張る。敵地にいるのは解放軍の方だからだった。

「よし、我々はこの地域を捜索する」

「北の方は？」

「エパスタの分隊が北東に展開していただろう？　奴らに北を塞ぐように移動させろ」

「なるほど、そうすればどちらにしろ袋のネズミですね」

自分達はこの周辺を徹底して捜索し、北方向は仲間の分隊を移動させて塞ぐ。こうすればピンポイントで北東へ向かったのでもない限り、生存者達は逃げ場を失うだろう。また敵地である以上、この周辺の捜索はこのタイミングにしか出来ない。確かに理に適った用兵だった。

「よし、総員一旦森へ入れ！　この辺りはすぐに皇国軍で一杯になるぞ！」

「聞いたな、すぐに移動だ！」

この作戦に投入されている部隊は旧ヴァンダリオン派の構成員が多く、練度や士気は高い。彼らは命令に従って、訓練通りのフォーメーションで隊列を組み、森の中へ入っていく。この時点で彼らの行動に間違いはない。実際、キリハ達(たち)はまだあまり遠くへは行っていなかった。

「何人かに赤外線ゴーグルを付けさせ、周囲を確認させておけ。詳細(しょうさい)に調査をするだけの時間的な余裕(よゆう)が無いかもしれない」

「分かりました。それと無人機にも音響(おんきょう)センサーで捜(さが)させます」

「それでいい、頼む」

彼らは追う側であるが、追われる側でもある。だからあらゆる手段を駆使(くし)して生存者の行方(ゆくえ)を追っていた。そうしなければ自分達が困った事になると分かっているのだ。ここまでの彼らの行動は概(おおむ)ね正しい。誤算はただ一つ。三人の生存者達が、黙(だま)って逃げ隠れするような性格ではなかったという事だった。

ドンッ

異変は彼らが本格的に捜索を開始した、その直後に始まった。突如(とつじょ)として彼らの頭上で小さな爆発が起こったのだ。

「何だ⁉　何が起きた⁉」

ドシャッ、ガラララッ

困惑する兵士達の足元に、大型犬程の大きさの機械の残骸が転がった。それは彼らが周囲の偵察に使用している無人機のうちの一機だった。

「無人機を落とされました！」

「くそっ、こっちの位置が割れたか！　煙幕と妨害電波っ！」

「直ちにっ！」

警戒用の無人機が落とされた。兵士達の常識では、これは敵が奇襲の為に無人機を落としたと考えるべき状況だった。つまりすぐに敵が攻めてくる。それもまだ彼らが敵の位置を把握していない状況でだ。非常に危険な状況だった。

ボンッ、バシュウウウウウ

幸い攻撃の前に煙幕を張り、妨害電波を発信する事が出来た。これでとりあえずは全滅を避けられる筈だった。だがそこで安心せず、分隊長は更に指示を発した。

「残りの無人機で敵を探せ！」

「はい………って、えっ!?」

「どうした!?　報告は明瞭に!!」

「無人機は全機健在………正常動作中………だそうです」

「そんな馬鹿なっ!! だったらこの破壊された無人機は何だというのだっ!?」

ピーーーーー

『警告、上空を飛行中の敵機による対地攻撃を検知。緊急回避を推奨』

「まさか、謀られたのか………!?」

そのすぐ後の事だった。頭上から飛来したミサイルが問題の無人機の残骸に直撃。大きな爆発を起こした。

この兵士達の不幸は幾つかあった。最初の不幸は装備が旧ヴァンダリオン派のものであったという事だった。旧ヴァンダリオン派という事は、つまり元は皇国軍であったという事だ。だから使っている装備は同じ。その為、クランが寄越した無人機を自分達のものと誤認した。同じ機体、しかも偽装された識別信号では、それを敵が寄越した無人機だとは思わないだろう。

次の不幸は問題の偽装無人機が、何もせずに自爆した事だった。それを見た彼らは素直にこう考えた。味方の偵察機が攻撃を受け、撃ち落とされたと。誰も考えなかったのだ、忍び寄ってきた敵の無人機が、何もせずに自爆したとは。

　三つ目の不幸は彼らの練度が高かった事だった。意味もなく味方の偵察用無人機が落とされる筈がない。それは敵の攻撃の予兆である筈なので、彼らは素直に訓練通りの防御行動に出た。煙幕を張り、電波妨害装置を作動させた。だが実はフォルトーゼ皇国軍が彼らの正確な位置を知ったのはこの瞬間だった。上空の偵察機が妨害電波を検知し、パイロットが出所を目視するとそこに煙幕がある。敵がキリハ達との交戦中に、煙幕と妨害電波を使ったのではないか――普通に考えるとそういう状況の筈だった。だから彼も素直に援護攻撃を始めた。電波を使わずに、光学カメラと人工知能による誘導オプションでミサイルを発射。こうして煙幕の中心でミサイルが炸裂したのだった。

「だが必ずしも不幸ばかりではない。我らが煙幕の中に居る可能性があったので、パイロットは非殺傷タイプの弾頭を利用した筈だ。死んではいないだろう」

「そしてわたくし達はその隙に、向こうのドローンをハッキング、と」

「……キィ、貴女やっぱり頭がどうかしていましてよ。これでは悪魔呼ばわりされても仕方がありませんわ……ったくもう……」

　クランは開いた口が塞がらなかった。キリハは無人機を一機自爆させただけで、解放軍の部隊を始末してしまった。しかも損失はない。ルースが念の為に一機だけ持って来ていた軍用無人機を失ったが、新たに敵の無人機を四機手に入れた。よく知っている機体なので、クランは既にそれらのハッキングを終了している。これにより無人機の戦力は一気に四倍になった。敵を手玉に取って完勝、しかも兵器を鹵獲。更に言うと、敵には一切の手掛かりを与えていない。何もかもが、キリハの策略だった。この結果からすると、キリハが敵であった事だけが唯一最大の不幸――正直クランは敵の隊長が不憫に思えてならなかった。

「心外だ。常に天使であろうと努めているのに」

「貴女、時々そうやって真顔で冗談を言いますわよね？」

「おや」

こうして自称天使の活躍により、三人は最初の追手を排除する事に成功した。だが油断は出来ない。この場所には多くの部隊が展開されている。あらかじめ決めてあった味方との合流地点に急がねばならなかった。

孝太郎達が降下艇の墜落現場に到着したのは、撃墜の一報から四時間後の事だった。この四時間という数字はかなり無理をした数字だ。幾つか安全基準に違反してでも、この場所へ辿り着く事を優先したのだ。恐らく孝太郎達をここへ運んで来た宇宙戦艦は、通常推進用のロケットモーターのオーバーホールが必要になるだろう。

　幸いな事に、この時点でもまだ三人は無事に逃げ続けていた。それは解放軍がまだこの地域から撤退していない事からも明らかだった。しかしその反面、三人とはまだ連絡が取れていない。綱渡りの状況は続いていた。

「どーして連絡出来ないの？」

「連絡を取れば電波や重力波が出る。その場所へ向かってミサイルや爆弾を放り込まれてしまうのじゃ」

「じゃあどーすんの？」

「電話と同じよ、早苗ちゃん。線の付いた電話があるところに逃げようとしてるの」

「黒電話捜してんのかー。なるほどね～」

　やはり問題はフォルトーゼの技術が進み過ぎている事だった。物を瞬時に送り込む技術がある為に、防御力が十分に整うまでは通信波を出せない。具体的に言うと対空レーザーやレールガンの類、そして強力な空間歪曲場だ。近くに出現するミサイルや爆弾を瞬時に迎撃し、それでも起爆した場合は歪曲場で防ぐ。もしくは通信波が出ない、早苗流に言えば黒電話が必要だ。だからキリハ達三人は、ある程度の防御力が備わっていて、黒電話が備え付けてある拠点へ向かっていた。その拠点は、この状況に備えて予め準備しておいた隠れ家だった。

「で、孝太郎はこれからどうするの？」

「俺とお前と大家さんで三人を追う」

「わらわと『お姉ちゃん』は？」

「隠れ家に先回りを。隠れ家は守らにゃならんし、両側から捜した方が早いだろ」

クランからのメッセージにはこの作戦の大まかな説明と、ゴールとなる隠れ家の位置等が含まれていた。孝太郎達はその指示に従って行動している。一刻も早く三人を保護下に置こうと必死だった。

「ならばグズグズしておらんで参ろうぞ！」

「うん、また後でね、みんな！」

ティアと『お姉ちゃん』は別れもそこそこに走っていく。彼女達が向かう先には、ここまで乗って来た降下艇がある。それで隠れ家へ先回りするのだ。

「よし、俺達も行くぞ」

「みんな怪我とかしてないと良いけど……」

「その時はお仕置きだ」

「あは、そんなこと出来ないくせにぃ」

「プリンの没収ぐらいはするぞ」

「ううっ、それは辛い！」

孝太郎達も急いで出発する。孝太郎達は表面上は呑気な言葉を口にしていたが、心の中まで呑気で居られるほど冷たい人間ではない。その表情は真剣だった。

孝太郎達が追跡の為に選んだ手段は霊視だった。霊子力技術はマクスファーン達も持っているが、それでも通常部隊に回せるような技術はまだレベルが低い。この点に限れば孝太郎達の方がまだ有利だった。

『青騎士よ、分かっているとは思うが、シグナルティンの力で話すのはやめておいた方が良い。理由はさっきの電話の話と同じだ。儂やグレバナスなら気付く。やるならよっぽど近付いてからだな』

『もどかしいですね、実際……』

アルゥナイアの言葉に、孝太郎が苦笑する。通信手段は様々だが、結局は同じ事だ。孝太郎達は地道に霊視で追跡しなければならない。それがもどかしかった。

『こういう時は焦れた方が負けだ。王者たる者、時に我慢が必要だ』

「肝に銘じます」

孝太郎は気合を入れ直すと、再び霊視に集中する。幸い孝太郎の目でも追えるくらいには、三人の霊的な痕跡が残されていた。

「まずいな、ここで痕跡が途切れてる」

だが墜落現場から百メートル程移動した時点で、一度その痕跡が見えなくなった。それまではオーロラのように揺蕩っていた霊力の痕跡が、まるで消しゴムで消したかのようにバッサリと途切れていたのだ。

「れーしりょくふぃーるどだと思うよ」

一目見ただけで早苗はそう断じた。よく埴輪達と遊んでいる早苗なので、かくれんぼの時に埴輪達が霊子力フィールドで気配を消す様子を何度も見ていたのだ。

「埴輪達か……俺にはこの先は分からないな」

これにより孝太郎は三人の痕跡を追えなくなってしまっていた。だが対する早苗は満面の笑みを浮かべていた。

「えへへへ、あたしまだ見えてる！」

「でかした！」

孝太郎は早苗の方に手を伸ばす。すると早苗は待ってましたと言わんばかりに、その手の下に頭を差し出してきた。孝太郎は早苗の頭を撫でてやる。すると早苗は嬉しそうに微笑んだ。

「よし、満足！」

ひとしきり孝太郎に頭を撫でて貰った事で満足したのか、早苗は先頭に立って歩き出した。孝太郎はそんな早苗に再び手を伸ばした。

「ちょっと待った」

「うにゅ？」

早苗は足を止め、自分の肩を掴んでいる孝太郎を不思議そうに見上げた。

「どーしたの？　キリハ達はあっちだよ？」

早苗は森の奥を指し示す。すると孝太郎は慌てた様子でその手を引き下ろした。

「待て待て！　指すな！」

「なんで？」

「………キリハさん達がそっちに居るとバレるだろ。だから真っ直ぐ指すな」

孝太郎はまだ不思議そうにしている早苗を引き寄せると、その耳元で囁く。敵が何処から見ているか分からない。墜落現場には敵の方が先に到着していた筈なのだ。だから何処かから孝太郎達を監視していて、キリハ達の居場所を知ろうとする可能性が少なからずあった。実はそれをする筈の部隊は既にキリハによって倒されているのだが、孝太郎がそれを警戒するのは当たり前だった。

「あ、それもそーか」

すると早苗は勢いよく首を縦に振る。言われてみればその通りなので、早苗は申し訳なさそうに詫びた。

「ごめん、気を付ける」

「分かればいい。怒ってる訳じゃないんだ」

そんな早苗の様子を見て、孝太郎はホッとした様子で彼女を解放した。

「うん。ちょっとぐねぐね気味に進むね」

「頼むぞ」

指差しだけでなく、真っ直ぐな追跡によっても、その先にキリハ達が居るのが分かってしまう。監視されている事を考慮に入れて、多少蛇行しながら進まねばならなかった。

――キリハさんの事だから、それでも良いように蛇行しながら逃げてそうだけどな。

まあ、念の為にこっちも蛇行した方が良いだろう……。

孝太郎がそんな事を考えていると、不意に近くからの視線を感じた。

「ふ～～ん」

それは隣を歩いていた静香の視線だった。彼女は何かを考えながら横目で孝太郎を見つめていた。

「どうしました？」

「里見君ってさ、意外と――――」

――慌てて止める時には強引に抱き締めるよね。

この時の静香はそう言おうとしていた。

「――細かいところに気が付くよね」

しかし実際に口に出す直前、その方針を転換。別の言葉を口にした。とはいえ、その言葉も全くの出まかせという事ではない。それもまた気になっていた事の一つだった。

「指揮官経験はそれなりにありますから」

「そっか、二千年前でもそうだったんだもんね」

静香はそう言いながら、納得した様子で何度も頷いた。孝太郎が頼りになるのは正直嬉しい静香だ。そして本来言おうとした事については、みんなで無事に帰った後で、尋ねるのではなく直接実践する予定だった。

敵を見付けたのは『早苗さん』とアルゥナイアだった。方法は違うが、二人がほぼ同時に敵を発見していた。

『敵が居ます、正面右手です。里見さんからは地形で隠れて見えていませんが、およそ百五十メートルくらい先です』

この報告は上空の『早苗さん』によってもたらされた。彼女は身体を『早苗ちゃん』に任せて幽体離脱、少し上空から霊視を担当していた。

『数は十。金属の塊を抱えている者が多い。浮いているやや大きい塊――多分機械が四つ。この時代の戦士達の集団だな』

こちらはアルゥナイアによる情報だった。彼の場合は野生の勘だ。空間の歪曲を感じ取ったり、魔力や音、匂いなどの複合的な手掛かりから感じ取ったものだった。

「向こうはこっちに気付いてないのかしら？」

静香は心配そうに囁く。実は静香は、こういうかくれんぼが長時間続くような状況が苦手だった。

『大丈夫です。緊張はしていますが、こちらに向いている霊波はありません』

「そっか、良かった……」

静香は『早苗さん』の報告を聞き、あからさまにホッとした表情を覗かせる。そんな静香に孝太郎が補足情報を伝えた。

「厳密に言うと見付かっているかもしれませんけど、必要のない情報として無視されている筈です」

「どういう事？」

「俺達の気配を、子犬か子猫か、そんなもののように見せかけているんです」

距離が近いので、既に孝太郎達も敵に見付かっている可能性はあった。ただし小動物と思われて無視されている筈だった。

孝太郎達はこれまでの経験から、様々な手段で霊力や体温などを抑え込み、小動物に見せかけている。完全に気配を消す事で生じる不自然さ、そして消耗の多さを考えると、このやり方が良いと考えていた。ゆりかなら何もかも消す事が可能かもしれないが、魔法のエキスパートではない孝太郎にはこのやり方の方が適切だった。だがもちろん目視されれば看破されるので、油断は禁物だった。

「あー、姿はもちろん、足音や枝が揺れたりする音まで消すよりは、って事か。なるほどね～」

『して、どうする青騎士？　倒すだけなら簡単だが……』

予想される敵の兵力は、軽装備の歩兵が十人と、その補助をする無人機が四機。静香が本気を出せば、ものの数秒でカタが付くだろう。

「向こうの進路からすると監視されている訳でもないようですから、このまま放っておいてやり過ごしましょう」

アルゥナイアと『早苗さん』が指摘してくれた事で、孝太郎にも何となく敵の気配が感じ取れている。彼らは現在の孝太郎達の進路を横切るようにして移動していた。また幸いな事に、孝太郎が警戒していたような、墜落地点から監視されていたりもしないようだ。だから孝太郎はこのまま潜伏を続け、彼らの背後を擦り抜けようと考えていた。

「なんで？　やっつけちゃった方がよくない？」

シンプルを好む『早苗ちゃん』は、ここで倒した方が良いのではないかと考えていた。そうすれば敵が減り、キリハ達が安全になると考えての事だった。

「この辺りにキリハさん達が居ると考えて敵が押し寄せてくるぞ」

「あ、それはまずいねえ」

この辺りでフォルトーゼ解放軍の部隊が倒されると、彼らの上層部には二つの考え方が生じる。一つは単純にキリハ達がこの辺りで倒したというものだ。この場合、多くの兵力がこの辺りに集中する結果となる。もう一つは皇国軍の援軍が倒したというものだ。この場合も援軍がこの辺りにキリハ達を探しに来た事になる訳なので、多少の程度の差はあれど、この辺りに展開する兵力を増やすだろう。つまりキリハ達の事を思えば、手を出さずに放っておく方が良いと言う事になる。何も手掛かりを与えなければ、解放軍は極めて広い範囲の捜索を続ける事になるのだった。

「待って里見君、里見君があの兵隊さん達はキリハさん達の手掛かりを持っていないって考えた理由は？」

静香にも前方を横切るように移動していく兵士達の気配が分かった。アルゥナイアはそれらを静香と共有してくれていた。だが彼女にはそれだけでは孝太郎がその判断を下した理由が分からなかった。

「ちゃんと情報を持っているなら、移動の方向はこっちじゃありません。それにもっと早足の筈です」

兵士達の移動方向は、孝太郎達の進行方向とは百二十度くらいずれている。蛇行を考慮に入れても、これではキリハ達から離れていってしまう。またキリハ達が墜落現場を離れてから既に数時間。追いかけているならもっと急ぐはずだった。

「じゃあの兵隊さん達は、キリハさん達の居場所が分からないから、私達のような援軍を探してるって事？」

「その筈です。先に見付けて、後を付けるなり、行き先の目星を付けるなりしたいんだと思います」

『つまり、攻撃すれば向こうの思惑通りという事か』

「こわいこわい、せんそーってこわい！」

　敵はキリハ達を追っているが、実はその為に援軍を探している――そういう敵の心理や都合を見落とせば、キリハ達に大きな危険が及ぶだろう。だから孝太郎達はキリハ達を守る為に、細心の注意を払って行動を決定しなければならなかった。

――キリハさん達が狙われる訳だ。当たり前だ、こんなの……。

　普段はキリハやルース、クランがこういう部分を気にしてくれていた。孝太郎達が考えなくても、道を整えてくれていたのだ。だが今、その三人が居ない。だから何事の決定にも時間がかかっている。孝太郎は今ほど三人の力を実感した事はなかった。孝太郎はマクスファーンとの決着が付くまでこの状態が続くなど、考えたくもない。孝太郎は公私双方の理由から、絶対に三人を取り戻さねばならないと感じていた。

マクスファーン率いるフォルトーゼ解放軍が目的の降下艇を撃墜してから、四時間あまりが経過していた。その間も捜索が続いていたが、標的の足取りは掴めていない。問題の三人はまるで煙のように消えてしまっていた。

「……まさかとは思うが、最初から乗っていなかったという事はないだろうか？」

『有り得ません。霊子力センサーで乗員の残留思念は確認しております』

「上手く時間を稼がれたな……時間が経てば経つほど向こうに有利だ」

ドンッ

マクスファーンは忌々しげに椅子の肘置きに拳を打ち付けた。逃がしていないのは間違いない。少し前に皇国軍の艦艇が新たにやって来て、軌道上に駐留したままである事からもそれは間違いない。また地上部隊が墜落地点に降下したのも確認されている。そしてまだ帰還していない。それはつまり地上で活動中であるという事だった。その部隊は恐らく即応部隊であり、もう少し経つと通常の兵力が展開する。その数は即応部隊とは比べ物にならない程多いだろう。つまりそれで終わりという事だ。構図は入れ替わり、解放軍の兵士達は一方的に狩られる立場になる筈だった。

『もはや二時間と無いでしょうな』

即応部隊の到着は事件発生から四時間後の事だ。これはかなりの無理をしての到着だと言える。正式な手順で移動した場合、部隊は六時間で到着すると考えられる。つまり残り時間は二時間を切った。それまでに標的の三人を殺す必要があった。

「思い切った手が必要だぞ、グレバナス」

『同感です。しかしその為にも前段階で一つ、工夫が必要です』

健康な女性の足で四時間歩けば、整地なら十六キロは進めるだろう。だがこの丘陵の森林地帯ではその半分程度の筈だ。頑張って十キロといったところだろう。この場合かなり広い範囲になるので、思い切った手――たとえば『廃棄物』の使用とか――を使うにしても、もう少し範囲を絞り込まない事には無意味だった。

「何か考えがあるのか？」

『魔法生物を召喚して追わせようかと考えております』

大量の魔法生物による人海戦術、それがグレバナスが考えた絞り込みの手段だった。弱い魔法生物を大量に召喚して、三人を捜させる。倒す必要はない。痕跡を発見した段階で人間の部隊を送り込むなり、それこそ思い切った手を打つなりすればいいのだ。

『知性があり、移動が速く、それでいてあまり魔力を消費しない――フェアリー共を使おうかと考えております』

フェアリーとは背中に羽が生えた、身長十数センチの人型生物だった。この魔物は先程グレバナスが挙げた条件に合致する。しかも簡単な魔法も使える。追跡者としては有力な候補だった。

「……それでは駄目だグレバナス」

だがマクスファーンは重々しく首を横に振った。彼はフェアリーでは三人を追えないと考えていた。

『それは何故でございましょう？　確かにあまり勤勉な魔物とは申せませんが、この状況では適切かと思うのですが……？』

フェアリーには明らかな弱点がある。小さい分だけ力が弱く、打たれ弱い。そしてそれ以上の弱点として、やたらおしゃべりである事が挙げられる。陽気な彼ら、彼女らは常に仲間達とおしゃべりをしていてやかましいのだ。だから真面目なグレバナスは、普段なら絶対に召喚しようとしないだろう。しかし今はフェアリー以上に条件に合致する魔物は思い付かなかった。

「普通の敵ならフェアリーで構わぬのだ。ここでの問題は、連中がこの手の戦いを繰り返して来ている事の方だ」

マクスファーンもグレバナスの考えが間違っているとは思わない。多少やかましくても広大な範囲を捜索するには適切な判断に思える。問題はキリハ達三人がこれまでに、同じような手を使ってきているという事だった。

「これまであらゆる技術を駆使して戦ってきた連中なのだ。こちらがやりそうな事は簡単に想像がつく筈だ。だから科学にも魔法にも霊力にも、必ず十分な対策がある。我らが気付いていないようなやり方の、な」

確かに技術では追い付く事が出来た。かつては使えなかった霊力や先進科学もその手に収めた。だがそれらを使った戦術はどうだろう？　青騎士が青騎士となった時から数えても、既に二年ほどが経過している。あらゆる組み合わせが試された筈だ。そしてマクスファーン達はそれについての知識は殆ど持ち合わせていない。だから同じやり方で挑むのは余り賢いやり方ではない――――マクスファーンはそのように考えていたのだった。

『しかし何の手も打たない訳には――――』

「無論だ。だから向こうが使った事がないと思われる手段で追うのだ、グレバナス！」

『はて、向こうが使った事がない手、とは……？』

グレバナスの皺だらけの顔が歪む。頭脳派の彼にしては珍しく、マクスファーンの意図を測りかねていた。

「組織的な狩りをする魔物を召喚するのだ。魔力に頼らず、視覚、嗅覚、聴覚に優れ、高い知能とコミュニケーション能力で、集団で狩りをする魔物をだ。魔法生物や死体共よりは操るのが難しくなるだろうが、この局面なら半端な魔法生物よりも役に立つだろう」

マクスファーンが言いたかったのは、簡単に言えば野生の獣の力で追跡せよ、という事だった。あらゆる手段で身を守ろうとも、五感全てを完璧に妨害するのは難しい。ましてや人間より感覚が優れた獣ならもっとだ。そして群れによる連携がその力をより強めるだろう。野生の獣は知性が乏しいので、グレバナスとの意思疎通が難しくなるという欠点がある。また移動に関しても、飛べるフェアリーよりは遅くなるだろう。だが青騎士達と同じ土俵で勝負しなくて済むというメリットは大きかった。

『なるほど、流石はマクスファーン様！』

ようやくグレバナスにもマクスファーンの意図が伝わった。

――確かにマクスファーン様の仰る通りだ。各ポイントに群れを一つずつ配置する事が出来れば、あの小娘共を狩り出せるやもしれん！

「どうだ、やれるか？」

『少々お待ち下さい……』

　グレバナスはマクスファーンの策の実現の為に思考を巡らせる。自分の魔力で呼び出せる魔物の数、そして群れの担当範囲等、様々な事を考え合わせた後、結論した。

『……マクスファーン様、恐らく可能かと存じます』

「ならば直ちに実行しろ」

『ただし、これを最後に私はしばらく魔法が使えなくなります』

　フェアリーと比べると、獣タイプの魔物の召喚には多くの魔力を要する。それを数多く召喚するとなれば、魔力を溜め込ませた宝石を総動員しても、ぎりぎり何とかなるといったところだ。グレバナスはこの召喚で魔力を使い果たし、しばらくの間はただの老人に成り下がるだろう。

「構わん、そもそも見付けられねば話にならんのだ！　やれっ！」

『ははっ！』

　返答もそこそこに、グレバナスは足早に司令室の出口へ向かう。そうしながらグレバナスは思った。

　――――二千年が経とうとも、マクスファーン様は変わらず頼りになる……やはり世界の頂点に立たれるのはこの方だ！

　これぞ我が主君、そんな思いを胸にグレバナスは司令室を出た。これから大仕事が待っている。自分の魔法でマクスファーンに天下を取らせる——グレバナスの気持ちはかつてないくらいに高揚していた。

思い切った一手　十二月五日(月)

キリハとクラン、ルースの三人を乗せた降下艇が撃墜されてから五時間が過ぎた。その間の彼女達の移動距離は北西へ十一キロ程と、グレバナスの推測に近い距離を進んでいた。恐らくもう二時間も歩けば、目的地である隠れ家に到着する筈だった。

「……上手くいっているようだな」

「解放軍の通信量が増え、空間歪曲反応も多数検出しています」

ここまで何度か敵の部隊とのニアミスがあった。しかしその全てを上手くやり過ごす事に成功していた。この結果は三人の頭脳と固い結束の賜物と言えるだろう。

「ふふ、どうやら問題はわたくしの体力だけのようですわね……って、浮かない顔ですわね、キィ」

状況は決して悪くない筈だが、キリハは何故か浮かない顔をしていた。その事をクランに問われると、キリハは大きく頷（うなず）いた。

「うむ。少し、上手くやり過ぎたかもしれないと思ってな」

キリハとしてはもう少し危険な目に遭（あ）う想定だった。それが運命の悪戯（いたずら）か、そうならなかった。普段なら安全を喜ぶべきところなのだが、現在は事情が異なる。マクスファーン達に可能な限り多くの通信をさせる事が目的なので、捕（つか）まらないからと諦（あきら）められてしまうと困るのだった。

「敵が追跡を諦めると？」

「その程度で済めば良いのだが、痺（しび）れを切らして何か仕掛（しか）けてくるかもしれない」

諦める以上の危険な結末も考えられた。キリハが想定していたのは、いつまでも発見出来ない事に痺れを切らしたマクスファーン達が、森の動物達に『廃棄物』を感染（かんせん）させるというものだった。森の全ての動物に感染が広がれば、三人がどう逃げようがほぼ無意味となる。またその後は想像したくもない惨状（さんじょう）となるだろう。伝聞でしか知らない相手なので断言する事は出来なかったが、絶対に無いとも断言出来なかった。

「………なるほど、相手はマクスファーン。あの男の異常な執着（しゅうちゃく）からすると、あながち有り得ない話ではありませんわね」

クランにとってマクスファーンは実際に会った事がある人物だ。この三人の中では一番詳しいと言って良いだろう。クランの目には、マクスファーンは完全なる勝利に執着する狂気の人物として映っている。その為ならどんな事でもやるだろう。敗北が決まったその時でさえ、疫病を世界に解き放とうとした男なのだから。

「……っ!?　お話に割り込んで申し訳ありません、この地域全体に空間歪曲反応！　比較的小さな何かが多数出現中です！」

ここで二人の会話はルースの報告によって遮られた。問題の墜落地点を中心として、半径十キロほどの領域に数十に及ぶ空間歪曲反応が発生した。その反応の大きさと時間からすると、反応一つ一つに対して、一メートル前後の大きさの何かが複数個出現している事が想像された。

『全域から魔力を検知、少なからず魔法を帯びているホ！』

ルースの報告にカラマが続く。埴輪達の額には角のようなものが取り付けられている。この角のようなものは正しくは魔力振動子といい、魔力を受けると振動する性質を持った結晶体だ。カラマは額でその振動を検知したのだ。

『まずいホ！　出現した反応がおいら達の移動経路を辿り始めているホ！　おいら達を追跡する手段を見付けたんだホ！』

コラマの額にも魔力振動子は取り付けられている。そしてカラマとコラマの情報を比較する事で、それなりに正確に魔力の位置を把握できた。それによると比較的近くに出現した反応が、キリハ達の移動経路を辿るように移動していた。

「確かでして？」

『信頼度は九十五パーセント以上だホ』

「カラマ、敵の数と速さは？」

『この速さだと遭遇はおよそ二十分後だホ！　数は多分三つ以下、でも周りがそこに合流するように動いているホ！　姐御、これは大急ぎで逃げた方が良いホ！』

キリハ達の移動速度と比較すると、問題の追跡者は明らかに倍以上のスピードで移動していた。このままではあっという間に追い付かれるだろう。しかも追跡者の数は増え続けている。遭遇時には何体になっているか想像も付かなかった。だからカラマは逃げるように進言した。それが一メートル以下の何かであっても、集団で攻撃されれば非常に危険だった。

「コラマ、地図を！　逃げ込めそうな場所を探す！」

『はいだホー！』

キリハが頭の中でざっと計算した結果、時間的に隠れ家には逃げ込めないという結論に至った。そこでこの近くで隠れるなり迎撃するなりに適した場所を探す事に決めた。キリハはコラマが投影した地図を睨み付ける。

「よし、走るぞ二人共！」

「分かりました！」

「厄介な事になってきましたわねぇ……」

キリハが地図を見ていたのはほんの数秒間だった。だがその時間でキリハは考えをまとめ、先頭に立って走り始めた。時間の猶予は殆どない。地図で見付けた場所へ行けば生き残れるという保証もない。それでも三人は懸命に走る。彼女達には手に入れたい未来があるから、生き残る可能性を放棄する訳にはいかなかった。

キリハが逃げ込む場所として選んだのは、細長い渓谷だった。厳密には渓谷の中でも特に幅の狭い、いわゆる峡谷と呼ばれる種類だ。この辺りは元々が丘陵地帯で稜線が絡み合っており、高低差はさほど無いものの近くに幾つか渓谷が点在していた。キリハ達はその内の一つに逃げ込んでいた。

「なるほど、ここなら少なくとも敵がやってくる方向を一つに絞れますわね」

　クランは納得した様子で辺りを見回した。渓谷であれば敵が四方から攻めてくる事はなく、後ろから追って来るだけだ。先回りされた場合は挟み撃ちに遭って危険だが、それでも四方を囲まれるよりはずっと良いし、そうならないように警戒するのも簡単だった。実際、無人機の一機を先行させて渓谷の出口を監視中であり、先回りの兆候はなかった。

「それに何人も横に並べないから、敵は苦労するでしょうね」

　クランの指摘に加え、ルースは谷の形に注目していた。この渓谷は切り立っており、その幅も極めて狭い。人間が数人並んで歩くのが精一杯であり、戦闘となれば二人か三人並ぶので限界だ。キリハ達は元々人数が少ないので、この場所では敵だけがハンデを負う事になる。非常に良く考えられた逃走先と言えるだろう。

「もう少し上がカバーされていれば完璧だったが……贅沢は言えない」

　キリハとしては頭上が幾らか空いている事が気になっていた。無人機などに上から攻撃される可能性があるからだ。それでも狭い渓谷なので、無人機よりもずっと高い場所を飛ぶ航空機から撃たれる心配はない。本人の気持ちはともかく、選択肢が限られる中では適切な選択であったと言えるだろう。

「カラマ、コラマ、念の為に上空の監視を頼む」

『お任せだホー！』

『片手間にやっておくホー！』

「……その言い方はどうかと思いますわよ？」

『クランちゃん厳しいホー！』

キリハを先頭に三人は渓谷を進んでいく。戦うにしても逃げるにしても、もう少し先に進んでおく必要があったのだ。

「ところでキリハ様、解放軍はどうして急にわたくし達を追えるようになったのでしょうか？　少し前までは完全に見失っている様子でしたが……」

その道すがら、ルースは気になっていた事をキリハに尋ねた。どのような手段で追われているかが分からなければ、逃げ切る事は難しいからだった。

「収集したデータと移動時の様子からすると、恐らくは群れで行動する獣だ。単純に鋭い五感で追って来ているのだ。風下に回ろうとする動きも見えるから、間違いなく機械ではないし、しかも知性がある」

最初に魔力の反応があった事から、魔物ではあるだろう。そして生物のカタチとしては集団で狩猟をする獣に近いだろうと、キリハは推測していた。常に何匹かで行動し、またそうした集団が連携して戦略的に立ち回る。今回で言うと、匂いを気にしてか風下に回り込んだ集団がいた。それは知性を持った生物である証明となるだろう。機械は自身の匂いを気にする必要が無いし、知性が無ければ風下には行かないだろうからだ。

「するとオオカミやハイエナのような、という事でしょうか？」

「うむ。その辺りの、獣のような姿をした魔物の筈だ。考えたものだな」

キリハはマクスファーン達が各種の技術で追うのを諦め、原始的な手段で追い始めたと考えていた。十分な対策をされている科学や魔法よりも、匂いや音で追った方が勝算が高くなると考えたのだろう。また獣達は追跡の経験が兵士達よりもずっと豊富だ。野生の勘も含め、総合的には文明的な手段よりも良い結果が期待出来るかもしれない。実際、そうなりつつあった。

「わたくし達の側に、野生で生きる経験が無いのも痛いですわね。何で追われているのかが、漠然としか分からない」

微かな匂いを嗅ぎ取り、小さな音を聞き洩らさず、何事も見逃さない事で追って来ているのだろう、という事までは分かる。だがどの匂いなのか、どんな音なのか、どういうものを見て追って来ているのか、という事が分からない。野生の動物なら当たり前に知っている事なのかもしれないが、三人は野生の生物としての経験はゼロだった。

「つまりまともにやっては逃げ切れないという事だ。着いたぞ、ここで迎撃する」

ただでさえ追跡者達の方が足が速い。また追跡の技術も高い。だからキリハは逃げるにしても一度足止めが必要だと考えていた。そうでなければ一気に追い付かれてしまう事は明らかだった。

　フォルトーゼ解放軍にとって、この数時間は忍耐の連続だった。ただでさえ暗殺の標的である三人が見付からないというのに、ここは敵地のド真ん中。目立つ行動を取ればあっという間にやられてしまう。実際、降下艇の墜落地点を調べに行った部隊は敵に見付かってやられてしまっていた。見付からない標的、油断できない状況――――つまりイライラしながら恐怖に耐えねばならなかったのだ。それが五時間も続いた訳なので、兵士達は既に疲れ切っていた。そんな時に飛び込んできたのが、軍用の獣が投入されて標的の追跡が可能になったという報告だった。この報告に兵士達は沸き立った。未だ危険な場所にいる事は変わりないが、それでも事態は好転した。幾つか近隣の部隊に声がかかり、獣達と合流して追跡に加わる事となった。

「それにしても……見た事もない獣だよな。何処の星から連れて来たんだろう？」

「さあなぁ、俺にも分からん。それでも十分な訓練はしているようだし、ある程度は俺達と意思の疎通が出来る。問題はないだろ」

「そりゃあそうなんだがな」

キリハ達に一番近い部隊は、問題の獣が五匹と、一個分隊十名で構成されている。分隊が最初に合流した獣は二匹だけだったのだが、その少し後に更に三匹が姿を現し、五匹となった。ちなみにキリハが戦おうとしているのはこの部隊だ。この部隊は他の部隊に比べて距離が近くなり過ぎていたのだ。

「あいつら迷いなく進んでいくな。正直助かるよ」

「このまま見付けてくれればいいんだが……」

兵士達は兵員輸送車に乗って、先行する獣達を追っていた。その速度は時速四十キロにも満たない。地形が悪いという事もあるが、追跡を担う獣達の足に合わせているのだ。それでも漠然と標的を捜していた状況よりはずっとマシだ。少なくともゴールに近付いているという確信があるので、兵士達は実際よりもずっと速いスピードで移動しているかのような気分になっていた。

「おや?」

「どうしました?」

「獣達が止まった。何かあったんだ。スピードを落とせ」

「了解」

分隊長の命令に従って、運転手は輸送車のスピードを落とす。するとそのヘッドライトによって、獣達の姿が浮かび上がった。それは地球の生物で言えばハイエナのような姿をしていたが、その毛並みは暗い緑色だった。そしてヘッドライトの光でその瞳が黄色く輝いている。フォルトーゼでも一般的ではないその獣は、グレバナスによって召喚されたフォルサリアの魔物だった。

「……なるほど、そういう事か」

そして五匹の獣の向こう側には、幅数メートルの渓谷――厳密には峡谷――の入り口があった。渓谷の中央には小さな川が流れており、獣達のうちの一匹が、その水を飲んでいる。獣達は標的の三人が渓谷に入ったから、兵士達を待っていたのだ。それを察した分隊長は即座に行動に出た。

「通信用の無人機で上に報告を」

「直ちに！」

標的に迫り、難しい判断が必要となっていた。そこで分隊長は上に、つまりマクスファーン達に指示を仰いだ。もちろん通常の通信波は出せないので、レーザー通信機を装備した無人機に報告を任せる。この機体が軌道上に配置した味方と通信するのだ。レーザー通信は文字通りレーザーを使った通信なので、傍受（ぼうじゅ）される心配が少ない。もちろん念には念を入れ、無人機は上空に敵の姿が無い時にだけ通信を行う。多少余計に時間がかかる場合もあるが、それは必要な時間と言えるだろう。

「………分隊長、返信がありました。追跡を続行せよ」

「よし、お前達降車だ、谷へ入るぞ！」

『了解！』

上からの指示はやはり渓谷へ入れというものだった。予想された指示ではあるのだが、輸送車を降りねばならない為（ため）、指示を仰ぐ必要があったのだ。

「お前達、先導を頼（たの）む」

「グルルルゥゥゥ………」

五匹の獣は兵士達の先に立って渓谷へ入っていく。既（すで）に日が落ちていて暗いが、獣達は夜目が利（き）く上、その他の感覚にも優れている。兵士達よりもずっと早く、標的を見付けてくれる筈（はず）だった。

渓谷は暗かった。そこはやはり狭く、先頭を行く獣達は二列になって進んでいる。後に続く兵士達も同様だった。左右の崖は切り立っており、頭上から星明かりも入り辛い。ライトがあっても視界は悪い。分隊長の隣を歩く兵士は不安そうにしていた。

「分隊長、攻撃、してきますかね？」

「逃げ切れないと踏んでここへ来たのなら、間違いなくそのつもりだろう」

分隊長はこの場所で奇襲を受けると考えていた。だから彼は身動きが取れるように余裕を持った隊列を組ませていた。

「三人とはいえ、相手は青騎士の仲間達です。対するこちらは一分隊十名。味方との合流を待った方が良かったのでは？」

「待つのも怖い。時間を与えたら何が起こるか想像も付かん。それこそ、相手は青騎士の仲間達なんだからな」

分隊長にも部下の不安は十分に分かる。彼自身もそうなのだ。だが青騎士の仲間を相手に時間を与えるのも怖かった。特に頭脳派の三人という事なので、下手に時間を与えれば何らかの策を講じられてしまうだろう。また頭脳派であるなら、力押しの方が勝算があるようにも思う。五匹の獣達の支援もあるから、行くなら今しかないだろう――それが分隊長の考え方だ。不確定要素も多いが、決して悪い考え方ではないだろう。

「それは確かに――――」

「ガルルルゥゥゥ……」

そんな時の事だった。先頭の獣が唸り声を上げた。残る三匹はしきりに耳を動かしながら周囲を警戒している。それを見た瞬間、分隊長は声を上げた。

「歪曲場を展開しろ！　攻撃が来るぞ！」

攻撃が来たのはその声とほぼ同時だった。

『隙ありだホー！』

『先手必勝だホー！』

何者かの奇声と共に、頭上から火炎と電撃が降り注いだ。それらは獣達と兵士達の間ぐらいに命中した。火炎は兵士達を焼いたが、歪曲場によって殆どダメージは無い。だが電撃は獣達の後方の三匹に命中した。そのうちの一匹はこのダメージによって召喚魔法が解け、灰になって消えた。残る二匹はまだ健在だったが、感電によりふらふらになってしまっていた。

「ガァァアルゥゥゥウウゥゥゥゥッ！」

無事だった先頭の二匹の獣が唸り、頭上を威嚇する。頭上の暗闇の中に敵が居るのだ。

兵士達はそれを手掛かりにライフルを構える。ライフルは解放軍の標準装備であるビームライフルだった。

『怒ったホー！』

『お助け～だホー！』

だが兵士達が実際にトリガーを引く前に、暗闇に潜む敵が後退していく。兵士達のライフルの先に付いているライトがほんの一瞬だけ敵の姿を露わにする。だが褐色の小さな何かという事しか分からず、敵はその直後に闇の中へと消えていった。

「ガウッ、ガウガウガウッ！」

「ルゥゥウアアアアァァァッ！」

二匹の獣は消えた敵を追って走り出した。獣としては実に当たり前の反応だろう。仲間を痛めつけた敵を放っておく訳にはいかない。だがそれは軍事行動としては大きな誤りだった。

「待て、戻れお前達！」

「ガウガウッ、ガアアァァァッ！」

分隊長は慌てて獣達を呼び戻そうとする。さっきまでは獣達は兵士達の言葉に素直に従っていた。だが今はそうならなかった。興奮して命令が耳に入っていないのだ。興奮した獣達は敵を追って暗闇に飛び込んでいった。

――くそっ、どうしたらいい!?　追わねば獣達を失う！　だからといって俺達が追えば、敵にはそれを迎撃する準備がある筈だっ！

ここで分隊長は二律背反の状況に陥った。これは最初から敵の策。獣と兵士達を分断して獣を倒し、兵士達の追跡手段を奪おうというのだ。それは分かっているが、追ったら追ったで待ち伏せに合うのは明らかだった。

「ええい、迷っている暇はない！　敵を追うぞ、ついて来い！」

『了解！』

分隊長は決断し、先へ行った獣達を追って走り出した。兵士達もそれに続いた。

――獣達なら闇の中の敵を見付けられる！　待っていては俺達はこの渓谷の中で身動きが取れなくなる！

獣達は暗闇の中でも敵を見付けられる。離れた距離の追跡の為だけでなく、その為にも獣達の力が必要だった。不意打ちを恐れて獣達を追わねば、兵士達はより慎重な行動を余儀なくされ、暗い渓谷の中でほぼ身動きが取れなくなってしまうだろう。それでは敵の思う壺だった。

「敵は頭がいい！　それを使う隙を与えるな！」

分隊長は必死に走る。見えるのは軍用のライトが照らし出す狭い範囲だけ。ライトをこまめに動かして周囲を警戒しながら可能な限り急ぐ。先行した二匹の獣達が殺されてしまう前に、敵を見付ける必要があった。

「……居たぞ！」

分隊長が照らしたライトの光の中に、敵の姿が現れた。敵は情報通り三人の少女。それぞれに武器を構え、先行した二匹の獣達と交戦中だった。

「ギャアアァァンッ！」

その瞬間だった。一匹の獣が大きな悲鳴を上げて地面に倒れ込んだ。もう一匹はまだ戦っていたが、傷だらけでふらついている。惨憺たる有様だが、辛うじて間に合った。獣達は酷いダメージを負っていたものの、敵を見付けた後なら構わない。後は火力で押し切ればいい。分隊長は見えた勝ち筋を引き寄せるべく声を張り上げた。

「攻撃しろ！　倒せばそれで終わりだ！」

分隊長は興奮とも安堵ともつかぬ複雑な感情を抱え、ライフルを構える。そしてサイト内に捉えた少女の一人を狙い撃つ。長刀――分隊長は大槍という認識だが――を両手で構えた黒髪の少女だった。

ビキィッ

しかしビームライフルは空間歪曲場によって受け止められた。歪曲場は軍用グレードのようで、ビームの一撃に耐えていた。

「流石に無防備じゃないな！　だが畳みかけて押し切れ！」

軍用グレードの歪曲場を使っているとしても、連続した攻撃に耐えられる訳ではない。九人の部下に追撃させれば勝てる筈だった。

「逃げるか!?」

だが目標の三人も無策ではない。不利を悟るや身を翻して谷の奥へ逃げ始めた。そうしながら時折反撃の射撃をしてきたものの、逃げながら後方を撃つのは簡単な事ではない。散発的な攻撃に留まり、兵士達を止める事は出来なかった。

「逃げても遅い！　もうその姿は見付けているんだぞ！」

分隊長には彼女らの行動は無駄としか思えなかった。逃げるならもっと早く逃げていなければ無意味だ。三人が有利だったのは暗闇の中から奇襲できるからこそ。その構図が崩れた以上は、もはや三人が逃げられる可能性は無かった。

「撃て！　撃ち続けろ！」

指令は抹殺。兵士達は全力で射撃を続けた。その何度目かの射撃が、遂に少女達を守る歪曲場を打ち砕いた。

「これで終わりだ！」

そして兵士達は容赦なく、少女達に向けて発砲する。年若い少女に向けて撃つのは心が痛まない訳ではなかったが、彼らはそうする事が戦いを早く終わらせると信じていた。だがその次の瞬間に起きた事は、彼らの想像を超えていた。

キュユゥウゥン

ビームが少女達の身体を貫く。貫いた筈だった。

「馬鹿なっ⁉」

だが実際にビームが貫いたのは金属の塊だった。それは見覚えのある三機の無人機。皇国軍でも解放軍でも日常的に使われている比較的小型の無人機だった。それは歩兵の支援や偵察に用いられるごく一般的な機種だ。その三機の無人機はビームに貫かれて四散。だが少女達の姿は何処にも無い。まるで最初からそこに居なかったかのように、忽然と姿を消していた。

「一体何が起こっているのだ⁉」

驚愕する分隊長。だが彼らの不幸はまだ終わりではなかった。

ドンッ

彼らの少し後方で、何かが爆発した。それ程大きな爆発ではない。だがこれによって崖が崩れ、狭い渓谷を塞いでしまった。兵士達が元の道を戻る事は不可能となった。

「くそっ、謀られたかっ！」

ここでようやく兵士達は理解した。自分達がまんまと手玉に取られ、問題の三人を獲り逃した事を。ずっと前の時点で、逃げられていたのだという事を。

問題の崖の爆破を確認した後、埴輪達は予定通りの地点でキリハ達と合流した。そこは爆破した地点の手前から分岐した脇道の先、渓谷の出口近くにある小さな広場だった。彼女達は大分前からそこに居て、戦いの成り行きを見守っていた。

『姐御、ミッションコンプリートだホ！』

『おいら達の活躍見てくれたかホー!?』

「うむ、見事な活躍だった」

『やったホー！』

『褒められたホー！』

出迎えたキリハは満足げであり、同時に安堵もしていた。いかに隠密行動が得意な埴輪達であっても、最初の攻撃だけはどうしてもリスクがあった。しかし埴輪達は無事に帰って来た。だからキリハは笑顔で彼らを迎えていた。

「お見事です、キリハ様」

「しかし見事に引っ掛かりましたわね」

「これは人間ならどうしても生じてしまう、心の隙だ。これまでずっと視覚に頼らずに追跡してきたから、我らの姿を目にした瞬間に心が逸って確認を怠る。そこで冷静に確認する指揮官であれば、我らは逃げ切れなかっただろう」

全てはキリハが考えた罠だった。三機の無人機にキリハ達の立体映像を被せて囮にしたのだ。だがもしセンサーで詳細に調べられていたら、それが立体映像だとバレてしまい罠は破綻していた。しかし敵はそれを怠った。キリハが言う通り、気が逸って確認しなかったのだ。そして不用意に無人機の後を追って、キリハ達が居る場所とは違う場所に誘導されてしまい、爆破で退路を断たれた。獣達も二匹が倒れ、残りは重傷。仮に瓦礫を除いて合流したとしても、これまでのような速度で追跡するのは不可能であり、しかも瓦礫の撤去で多くの時間が失われている。普通に考えると、あの部隊にはもうキリハ達を追う事は出来ない筈だった。

「しかしそういう冷静な判断が出来る指揮官なら、そもそも追跡の切り札であるあの獣達を五匹とも渓谷へ連れていく訳がない」

クランは呆れたようにそう言った。敵の指揮官に呆れている訳ではない。敵の反応まで読み切ったキリハに呆れているのだった。

「皇女殿下はお見通しのようだ」

キリハは悪びれた風もなく、小さく肩を竦める。

「なるほど、五匹全てを連れて渓谷に入ったから、キリハ様は敵の指揮官が焦っていると確信した。彼はもう追跡は必要無いと考えて、後先考えずに全力で攻撃しようとしたという事ですね」

ルースはようやく納得したとばかりに大きく頷く。実は彼女は不思議だったのだ。キリハの策には幾つか穴があったように思えたのだ。だが指揮官が焦っていると分かっていたのなら話は別だ。案の定、焦った指揮官はキリハの策の欠陥に気付かず、強攻してしまった。指揮官は本来なら獣を一匹でも二匹でも、渓谷の外に残すべきだった。だが焦ってそれを怠ったから、貴重な追跡手段を失う事になったという訳だった。

「それにそもそも、そんな指揮官が居ればもっと早くに追い詰められていますから、おのずとこの結果になる、という訳ですわね」

もう一つの判断材料としては、獣の扱いではなく、部隊そのものの追跡能力が挙げられる。もし慎重で有能な指揮官に率いられた部隊なら、こうなる前の時点で、もう少し巧みに追跡してきた筈だ。そうではなかった以上、その能力は推して知るべしといったところだろう。キリハが確信したのは渓谷に入って来たタイミングだが、おおよそそういう指揮官と部隊であるという事は分かっていたのだ。

「我はそこまで彼らを低評価していないが。仕事に対しては実直だった」

「その実直さを狙い撃ちにしたのでしょうが。まったく貴女ときたら……」

キリハの能力は既に罠とか策略の域にはない。心の内まで読んでいるのだ。そんなキリハの相手をさせられる訳なので、クランは敵である解放軍が可哀想でならなかった。

「しかしキリハ様のおかげで無事に逃げる事が出来ました」

一番近くにいる部隊の足止めに成功。その後方にはまだ別の部隊が居るが、逃げ出すのに十分な時間は稼げた筈だ。しばらくは安心だった。

「キィがあんな事をした分、恐ろしい勢いで追って来ますわよ」

「それはお互い様だと思うのだが」

「確かに、殿下が無人機をハッキングしてくださらなければ何も出来ませんでしたね」

「パルドムシーハだって、何ですの、あのやたら人間っぽい動きの立体映像は……」

今回の逃走劇は三人の力の集大成とも言える。作戦はキリハによるものだが、クランによる無人機の制御や、ルースが即興で作った立体映像のモデル等が不可欠だった。そういう事を簡単にやってのけてしまう三人だからこそ、マクスファーンは絶対に逃すつもりはないだろう。孝太郎達と無事に合流するまで、執拗に追って来る筈だった。

ピ、ピピピピピピッ

『アラートメッセージ。現在地点の周辺に大量の空間歪曲反応』

耳に付く警告音と共に、人工知能が警告を発した。それは周囲の広い範囲に、敵が出現したという報告だった。

「キィ、向こうが無茶な手に出ましてよ！」

大量の空間歪曲反応という事は、敵がろくに準備もせずに転送用ゲートで兵力を送り始めたという事だ。転送用ゲートは初めての場所への移動には準備に一時間かかる技術なので、損失を承知で強引に兵力を展開したという事になるのだった。

「だと良いのだが……おそらくこれは本命を送る為の工作だろう」

『緊急事態発生だホ！　大型の魔力反応だホ！』

『大型の質量を検知！　機動兵器か超大型の魔物だと思うホ！』

キリハが予想した通り、本命は最後にやってきた。反応の大きさからすると、強力な魔法を帯びた機動兵器、あるいは単純に巨大な魔物だと思われた。

「連中はこの個体の空間歪曲反応を隠したかったのだ」

「出現地点が分からないように、大量の似た反応の中に隠したという事ですか⁉」

「本命はその中の一つだけ……やりますわね、グレバナス……」

転送用ゲートで本命が移動した事を隠す為に、他の全ての移動が行われた。実際、クランであっても本命の移動先が絞れていない。軌道上からの砲撃で、出現した瞬間にいきなり倒されない為の工夫だった。

「次の手は十中八九、転送された兵器による空爆だ。このままだと我らは死ぬ」

これだけ多くの兵器を展開してしまった以上、皇国軍もすぐに同じ事をする。そうなってしまうとキリハ達だけを狙うのは難しい。だからマクスファーンは時間をかけてキリハ達を追跡しようなどとは考えていない。空爆で一気に粉々にするつもりなのだ。空爆なら正確な位置など関係ない。彼女達はこの辺りに居ると確定しているので、そこへ撃ち込めば爆発の範囲からは逃れられないだろう。その証拠に、先程の大量の空間歪曲反応はキリハ達の近くには出現していない。出現したのは彼女らを遠くから取り囲むような位置だけだ。つまりマクスファーンは、キリハ達の傍には兵力を送り込んでも無駄になるような事をやるつもりでいるのだ。キリハはマクスファーンがそう考えていると確信していた。

「そんな、ここには味方も居るっていうのに！」

ルースの顔が青ざめる。新たに展開した兵力はともかく、これまで追跡にあたっていた兵力はこの近辺にも居る。先程の部隊もそうだし、今も幾つかの部隊が接近中だった。マクスファーンはそれを丸ごと焼こうとしている。マクスファーンにとって味方の命など消耗品ですらない。ただ『ああ、死んだか』と思うだけだ。マクスファーンは自分が勝つか負けるか、そこにしか興味が無い非情な男だった。

キリハ達の想像は当たっていた。マクスファーン達が最後に送り込んだのは、大型の機動兵器だ。それは魔法や霊子力技術がふんだんに使われた、対青騎士用の機体だった。そして機体には戦闘用の武器だけでなく、戦術級の武器も装備されている。それは広範囲に大規模な破壊をもたらす武器だった。

「撃て、グレバナス」

『マクスファーン様、あそこにはまだ味方の兵が展開して――』

グレバナスは反射的に反対の意見を述べた。とはいえ人間的な慈悲の心を見せたという訳ではない。少数であっても味方を殺せば、兵士達に不信感を植え付ける事になる。フォルトーゼ解放軍の結束を揺るがしかねない危険な選択だった。

「聞こえなかったのか？　すぐに撃て！　時間を与えれば始末し損(そこ)ねる！　これまでの損失を無駄にするつもりか!?」

　マクスファーン達はここまで多くのリスクと損失を負ってこの戦いに臨(のぞ)んでいた。情報収集の段階で諜報員(ちょうほういん)を何人か失っていたし、兵士を秘密裏(ひみつり)に配置する段階で戦死者も出している。実際に暗殺作戦が始動してからも、かなりの兵力を失っていた。ここで空爆を避けたら、その全てが無駄になる。マクスファーンは不信感を植え付けるリスクより、ここまでの損失が無駄になる方を問題視した。そしてその結果得られるであろう戦果を、何よりも重視していたのだ。

『わ、分かりました！　直ちに発射します！』

　グレバナスは自身のコンピューターに命令を入力していく。戦術級の兵器を使う場合には通常よりも複雑な認証(にんしょう)手順が求められる。だから実際に機動兵器が攻撃を開始したのはマクスファーンの命令から十数秒以上経(た)った後の事だった。

『発射コードを送信！　レンガーン戦術ミサイル発射します！』

　マクスファーン達が見つめる三次元モニターには、問題の機動兵器の姿が映し出されている。その後部のパーツが展開し、ミサイルが露出(ろしゅつ)していた。その大きさは対地攻撃に利用されるミサイルと同じ大型なもので、機動兵器が移動に使うブースターと同じくらいの大きさを備えていた。このミサイルが大きい理由は、迎撃させない為の装備が充実している為だ。そもそも装甲が分厚く、防衛線を突破する時の為に防御用の歪曲場まで備えている。だから少しぐらい迎撃用のレーザーで焼かれてもそのまま目的を遂行する。そして何より出力の高い大型の推進器を装備しており、恐ろしいスピードで空を駆ける。余程の対策が無ければ、このミサイルを防ぐ事は不可能。そしてそれを更に恐ろしいものにしていたのが、装備された弾頭だった。

このレンガーン戦術ミサイルには通常弾頭の他に、広域焼却弾頭というものが装備できる。この弾頭の特徴は二度の起爆にある。一度目の起爆で燃焼性のガスを広い範囲に高速で散布し、二度目の起爆でそれを燃やすのだ。その効果範囲は優に一キロを超え、二度目の爆発はその中にあるものを燃やし尽くす。艦船を始めとする強力な歪曲場と装甲で守られた敵には今一つ効果がない弾頭ではあるものの、生身の人間や防御力の低い車両が相手なら致命的な結果をもたらす。爆発時に四方八方から衝撃波が襲ってくるので逃げ場がなく、人間や軽車両を歪曲場ごと引き裂くのに十分な威力がある。それに耐えたとしても直後に爆発による高熱が襲って来るので、生き延びられる見込みは殆どない。仮に奇跡が起きてまだ生きていたとしても、燃焼によって効果範囲内の酸素が失われているので、結局は窒息死する。

つまりこの広域焼却弾頭というのは、広く展開した歩兵や高機動部隊を殲滅する為の弾頭なのだ。マクスファーンはそれをキリハ達三人を確実に殺す為に発射させた。その周囲に展開した味方の存在を無視して。グレバナスが思わず反論したのも頷ける、狂気の選択だった。

「フハハッハハッ、行けっ、行って全てを焼き尽くせ！」

マクスファーンの歪んだ笑顔を彩る感情は狂気だけではない。その笑顔は憎悪、嫉妬、喜びといった、およそ考えつく限りの邪悪な感情に彩られている。我慢し続けた事もあって、降下艇に乗った三人を暗殺しようとした時に倍する悪意がそこで輝いていた。遂にその時が来た、マクスファーンの魂はその興奮と歓喜に打ち震えていた。

「救えるものなら救ってみせろ、救国の英雄とやらぁっ！　貴様には何も守れん！　女達の死体とまみえる事さえ出来んのだ！」

マクスファーンとグレバナスが見守る中、ミサイルは飛んで行く。目で追える速度だったのは最初のほんの数秒だけだ。ミサイルはそこから一気に加速して見えなくなり、三人が居ると思われる地点にまっしぐらに突進していった。

『三、二、一……着弾』

一瞬の沈黙。一段目の起爆は燃焼性のガスを撒き散らす為のもの。そしてガスが十分に広がった後に、本命の二段目が起爆する。

ズドー――

爆発音は途中で途切れた。現地の音を収集しているマイクの、音量の許容量を超えたのだ。そうなるのも当たり前だろう。一瞬で目を焼く閃光と、世界を溶かさんばかりの勢いの地獄の炎が、視界全体を埋め尽くしていた。

「フハハハハッ、やったっ、やったぞ！　女共は死んだ！」

その炎に照らされて、マクスファーンの笑顔が赤く染まる。マクスファーンは燃え上がる炎を見て勝利を確信していた。三人は死んだ。青騎士の翼はもがれた。これで青騎士陣営は大きく弱体化する。青騎士自身も失意に沈む。復讐の成功と、戦略上の勝利を同時に手に入れ、マクスファーンは喜びの絶頂にあった。

『すぐに近くの部隊を現地に送ります』

それに対してグレバナスはまだ冷静だった。マクスファーンとは違って、この攻撃に僅かながら疑問を持っていたからこその反応と言えるだろう。

「貴様は愚かしいほどに真面目だな、グレバナス！　この炎の中で生き延びられる者などおらぬわっ！　それに死んでいても死体も残らぬ！　兵を送るだけ無駄だぞ！」

『だと宜しいのですが……』

マクスファーンの楽しげな声を聞きながら、グレバナスは兵士達に適切な装備を持たせて現地へ向かわせる。グレバナスはこれまで何度も三人に煮え湯を飲まされてきたので、きちんと確認するまで勝利を喜ぶ気にはなれなかった。

頭脳派の戦い方　十二月五日(月)

広域焼却弾頭を装備したミサイルが爆発した時、孝太郎達はその効果範囲の僅かに外側に居た。そこに居たのは殆ど偶然だ。厳密に言えば、直線でキリハ達を追わないようにしていた分だけ遠回りをしたせいと言えるだろう。もしもう少し先へ進んでいたら、孝太郎達も危険だっただろう。

「酷いな……マクスファーンの奴、味方ごと吹き飛ばしたんじゃないか……？」

孝太郎達がミサイルの効果範囲に辿り着いた時、そこは一面の焼け野原だった。生えていた樹木も炭化し、ほぼ原形を留めず崩れ落ちている。残っているのは黒く焼けた岩石のみ。生きる者の居ない、焼け焦げた荒野が広がっていた。

「……うん。混乱してる霊がいっぱいいる。動物も植物も、人間も……みんなまだ死んだって分かってないんだよ」

珍しく早苗は静かに怒っていた。普段は感情を露わにする事が多い早苗だったが、今はそうなっていない。彼女の目に映っている光景は、あまりにも酷いものだった。

「あいつら本当に何でもしやがるな……」

この光景は孝太郎達も予想していた。設計上の効果範囲から数百メートル外れた位置に居た孝太郎達でさえ、かなりの爆風と熱波に襲われた。だから範囲内の破壊は酷いと分かっていたし、覚悟もしていた。それでも実際に被害を目の当たりにした時、孝太郎達はショックを隠し切れなかった。

『こんな無駄な破壊は儂でもやらん』

爆炎の覇者であるアルゥナイアも、これには呆れ顔だった。彼は炎を破壊に用いるが、無秩序な破壊を望む訳ではないのだ。彼が炎を用いるのは生活の為、生きる為だ。これは明らかにそうではない破壊だった。

「キリハさん達どうしたでしょうね……」

静香が心配そうに呟く。もしこの破壊の中に居たのだとすれば、無事であるとは考えにくい。あえて口には出さなかったが、万が一という事も考えられた。

「無事だと良いんだが……」

孝太郎の顔も渋い。無事だろうとは思いつつも、そうではないかもしれないという気持ちもあった。だがこれまで幾度も奇跡を起こしてきた三人だ。きっと今回も何とかしてくれているに違いない――――孝太郎は自分にそう言い聞かせていた。

『フハハハハッ、死んださ！　死んだとも！　連中が居ると分かっている場所に撃ち込んだのだからなあ！』

そんな時、辺りにマクスファーンの声が響き渡った。孝太郎が声の方を見上げると、そこには例の大型機動兵器が浮かんでいた。マクスファーンは必ずこの場所に孝太郎が来ると踏んで、機動兵器をこの位置へ移動させていたのだ。

「マクスファーン、お前正気なのか!?」

『さあなぁ、二千年も経てば、正気などどれだけ残っているか』

「たった三人を殺す為に、一体何人味方を犠牲にした!?」

『貴様とて常にやっている事だろう!?　それとも兵士の被害は想定していないとでも言うつもりか!?』

「兵士は味方に殺される前提では戦えない！　自滅するだけだぞ、マクスファーン！」

『安心しろ、こちらでは殺したのは貴様達という事になるさ！』

マクスファーンは楽しそうに笑った。仮に皇国軍が証拠を出したとしても、解放軍側は捏造や陰謀を叫ぶだろう。そして解放軍に参加した者の多くは『ラルグウィンがそんな事をする筈がない』と考える。ラルグウィンの評判がマクスファーンを守り、解放軍内では事実は封殺されていく筈だった。

「どこまで腐ってるんだ、お前は……」

マクスファーンの言葉に、孝太郎は唖然とさせられていた。これまで孝太郎が戦ってきた敵にも、邪悪な者はいた。それでも追い詰められるまでは、彼らも戦場の不文律は守った。最初から兵の損失を無視したりはしなかったのだ。だがマクスファーンにはそれがない。易々とタブーを踏み越えてくる。何がそうさせるのかは分からないが、孝太郎にとって衝撃的な行動だった。

『これは戦争なんだぞ、青騎士！　貴様の女共を殺す為なら、幾らでも犠牲を払う！』

マクスファーンは驚く孝太郎を嘲笑った。キリハ達三人を殺せば、戦略的に大きな前進となる。しかも過去の恨みも幾らか晴らす事が出来るというのであれば、その為に兵士達が何人死のうと構わない。勝つ為には何でもするし、何でも利用する。マクスファーンのそういう精神性は二千年前から変わっていなかった。

「――だが、その肝心な事に失敗しているぞ。ビオルバラム・マクスファーン」

しかしその涼やかな声が聞こえて来た瞬間、マクスファーンの笑顔は凍り付いた。それはマクスファーンにとって、聞こえて来る筈がない声だった。

「キリハさん!?」

「ようやく会えたな、里見孝太郎」

声の主はキリハだった。キリハはいつの間にか孝太郎達の傍へやってきていて、いつも通りの穏やかな微笑みを浮かべていた。もちろん彼女の後ろにはクランとルースの姿もある。三人ともあの爆発を生き延びていたのだ。

『……き、貴様ら、あの中でどうして生きていられる!?』

キリハ達の登場に驚愕したマクスファーンは、口を開くのに数秒を要した。彼には信じられない出来事だった。広域焼却弾頭の爆発から逃れられる筈はない、そう思っていたから。それは過信でも盲信でもない。あの爆発を観た者なら、誰だってそう思って当たり前だった。

「簡単ですわ。洞窟を崩して、わざと生き埋めになったんですの」

いかにして生き残ったか、その理由はクランの口から語られた。彼女達は渓谷にある洞窟に逃げ込み、その入り口を爆破したのだ。

広域焼却弾頭による危険は主に爆発による高温と衝撃波、その直後の酸欠にある。しかし歪曲場や霊子力フィールドはそれらに対する抵抗力が幾らか備わっている。だから岩盤によって三つの危険の大半を防ぐ事が出来れば、生き延びる事が可能だ。もちろん穴の向きや深さによっては、それでも蒸し焼きになってしまう可能性は残る。しかし彼女達が逃げ込んだ洞窟は、幸いにもそれに耐えるだけの十分な深さがあった。

「でもそれじゃあ、爆発から逃れられても、出られなくなるんじゃない？」

静香が不思議そうに首を傾げる。確かにその方法なら爆発からは身を守れるだろう。しかしその爆発に耐えた強固な洞窟に、閉じ込められてしまう事になる。ろくに道具のない状態でそこから抜け出すのは困難な筈だった。

「仰る通りです。そこだけは賭けでした」

静香の指摘にルースが頷く。実際、彼女達は完全に生き埋めになっていたのだ。

「わたくし達が酸欠になる前に逃げ出せるかどうかは、あの時点では全く分かっていませんでした」

全てが理想通りという訳ではなかった。彼女達も全てを見通して行動していた訳ではないのだ。あの時は、とにかく広範囲の爆発から逃れる事が最優先だった。

『だったら何故貴様らはここに居る⁉　そんな事が出来る筈がない！』

マクスファーンもこの状況に納得がいかない様子だった。特に納得いかないのがキリハが無事である事だ。キリハはかつて自分を裏切った姪のリディスによく似ている。そんな彼女が無傷で悠然と微笑んでいるその姿が、腹立たしくてならなかった。

「結論から言うと、汝はやり過ぎたのだ。ビオルバラム・マクスファーン」

キリハはそう言うと優雅に扇子で口元を隠す。その小馬鹿にしたかのような仕草が更にマクスファーンの苛立ちを募らせた。そんなマクスファーンに追い打ちをかけるかのように、孝太郎の鎧の通信装置からティアと『お姉ちゃん』の声が聞こえて来た。

『愚かよのう、感情任せにあんな爆弾を使うからじゃ』

『あんたが何もかも焼いちゃったから、三人を見付けるのは簡単だったよ』

実は三人を助け出したのはティアと『お姉ちゃん』だった。確かに広域焼却弾頭の威力は凄まじかった。本当に地上を一キロ以上もの範囲で焼き尽くしてしまった。だがおかげでその範囲内には生物が居なくなった。植物も動物も例外なく焼き尽くされてしまったのだ。だから『お姉ちゃん』には簡単に三人を見付け出す事が出来た。他には生きているものの霊波など、何も無かったから。そうなれば後は簡単だ。ティアと兵士達を連れてその場所に急行、無事に三人を掘り出したという訳だった。

『そんな馬鹿なっ!?』

『もしそなたがもう少し慎重であったなら、全てを焼き尽くそうなどと思わなかったら、そなたの勝ちじゃった。前のめりになり過ぎたな、マクスファーン』

もしマクスファーンがもう少し威力の低い爆弾を使ったり、生物化学兵器の類を使ったりしていたら、この結果にはならなかった。周囲で生物がある程度生き残っていれば、洞窟内に居る三人を見付け出す事は困難だった筈だ。だが彼が大きな力の誇示を伴う復讐に拘った結果、その勝機は失われた。肝心なところで、霊力や魔法を伴う戦いの経験の差が出てしまったと言えるだろう。

『たとえそうであっても、今ここで殺してしまえば同じ事だ！　死ねぇっ、皆殺しにしてやるぅっ！』

この大型機動兵器の後部には、レンガーン戦術ミサイルが二発装備されている。そのどちらも広域焼却弾頭だ。そのうちの一発は発射されたが、まだ一発残っている。この一発を発射すれば今度こそ三人を殺せる。しかもこの場所には青騎士やティアミリス皇女までやってきていた。失敗を取り返すどころではない。マクスファーンにとって、これ以上ない好機だった。

「…………一見狡猾そうに見えるが、感情的になると意外に周囲が見えなくなる性格のようだな」

そんなキリハの言葉をきっかけに、孝太郎の傍に居た三人の姿が消え失せる。それと同時に、機動兵器の後部で爆発が起こった。

『グレバナス、一体何が起こった⁉』

『無人機の自爆攻撃です！　ミサイルの発射装置が損傷しました！』

『なんだとっ⁉』

それはクランが操る無人機による自爆攻撃だった。クランは四機の無人機を解放軍部隊から奪っていたが、三機は囮に使って喪失。クランは残る一機で自爆攻撃を行った。ミサイルに限らず武器を発射する時にはその部分の歪曲場が解除されるから、比較的小型の無人機であれば通り抜ける事が可能だ。しかもクランが巧妙に識別信号を偽装していたので接近に気付かれる事はなく、防ぎようがなかった。ただし小型の無人機であるだけに、自爆の爆発力はそれほど大きくはない。ミサイルの発射装置は損傷させたものの、機体そのものには大きなダメージは与えられていなかった。

『上手くいったようですわね。これであの爆弾の心配はなくなりましたわ』

孝太郎の鎧の通信装置からクランの声が聞こえて来る。実はクランはここには居ない。先程までの三人は陽動の為の立体映像だったのだ。それを投影していたのも、自爆した無人機だ。だから今はその姿が消えているという寸法だった。

「でかした！　流石だな、お前ら！」

孝太郎には驚いた様子はなく、落ち着いた様子で笑顔を覗かせていた。霊力が感じ取れる孝太郎は最初から三人が立体映像だと分かっていたので、彼女らが何かするつもりだろうと予想していたのだ。

『ええい、忌々しい女共め！　一度ならず、二度三度と！』

『いかがいたしますか、マクスファーン様⁉』

『決まっている！　部隊を送り込め！　絶対に生かして帰すな！』

『ハハッ！』

度々裏をかかれているマクスファーンではあるが、周囲に展開している部隊も機動兵器も健在だ。正攻法で孝太郎達を倒し、決着を付けるつもりだった。

マクスファーン率いるフォルトーゼ解放軍は、例のミサイルを撃つ直前に大量の兵力を展開していた。この時転送されてきたのは大半が無人機だったのだが、中には人間の部隊も含まれている。これは皇国軍なら絶対にやらない暴挙だと言えるだろう。きちんとした準備をせずに転送ゲートや空間歪曲航法を利用するのは非常に危険な行為だ。だからやるとしても損失覚悟で無人機を送るのが精々で、生身の人間でやる事はないのだ。それを平然とやってしまうのがマクスファーンという男の恐ろしい所だ。そしてミサイル攻撃の後、問題の大型無人機を先頭にその兵力を爆心地へ移動。孝太郎達と相対していた。

『でも、こちらも負けてはいませんわよ。ティアミリスさん達が見付けてくれた段階で、こちらも兵力は展開させせましたから』

対するフォルトーゼ皇国軍も無策ではない。それまで三人が助けを呼べなかったのは、通信出した段階で味方の兵力を展開している。キリハとクラン、ルースの三人を無事に救出したり大量にエネルギーを使ったりすると、味方の到着よりも早く敵がその場所に向けて爆弾を転送するからだ。だがティアと『お姉ちゃん』に救出されて、通常の軍事的な保護を受けられるようになった事で、その制約はなくなっている。とりあえずは近隣の無人機を呼び寄せ、現在は通常兵力がこの場所へ向かって接近中だった。

『本当は貴方の新しい機体も使えれば良かったのですけれど』

「流石にそれは無茶過ぎるだろう」

戦いがいわゆる戦争の色合いを強めて以降、孝太郎は人型兵器のウォーロードシリーズに搭乗して戦う事が多かった。そうなったのは戦場には大きな敵が多いという理由もあるのだが、厳密には理由は他にある。孝太郎の霊視では流れ弾や誤射、あるいは無人機の攻撃は回避出来ない。それでも敵の数が少なければ何とかなるだろうが、戦場での乱戦ではその危険度は飛躍的に上がっていく。特に孝太郎が青騎士だとバレた後は、その危険は天井知らずだった。この問題を懸念して、キリハと晴海が『非常に丁寧なお願い』をした結果、孝太郎はウォーロードシリーズを使う事になった。しかし前回の戦いでウォーロードは大破。代わりとなる新しい機体を建造中だったものの、流石にこのタイミングには間に合わず、孝太郎は久しぶりに剣と鎧だけで戦場に立っていた。

『今日は儂で我慢して欲しい』

「我慢だなんてとんでもない。大変助かります」

代わりといっては何だが、孝太郎は今、本来の姿に戻ったアルゥナイアの頭の上に居る。全長二十メートルを超えるその巨竜はウォーロードよりもずっと大きく、火力もそれに準ずる。どちらかと言えば我慢するのは静香の方だった。

『おじさま、頑張り過ぎちゃ駄目だからねっ⁉』

『分かっとる分かっとる』

『怪しいなあ……』

アルゥナイアは魂だけで現代にやって来ているので、本来の姿に変身すると大量に魔力を消費する。すると静香の姿に戻った際に、消費分に応じて重力の制御が甘くなる。それは静香の見かけ上の体重を大きく変化させる為、十代女子の悩みの種だった。

『静香、今回はあたしも居るから大丈夫だよ、きっと』

『おねがいね、「早苗ちゃん」！』

孝太郎の傍には『早苗ちゃん』の姿もあった。彼女は幽体離脱した状態で各種のサポートにあたる。ちなみに身体は『早苗さん』に任せて後方に退避中だった。

『久しいな、火竜帝！　今度は青騎士の奴隷になったか⁉』

アルゥナイアと向かい合う大型機動兵器から、マクスファーンの声が聞こえて来る。両者には面識がある。アルゥナイアは二千年前にはグレバナスに使役されていたのだ。だからこその嘲笑だった。

『うむ。楽しくやらせて貰っている。お前の方は随分不格好なモノを使っているな』

だがアルゥナイアは動じない。牙を剥き出しにして笑いながら、悠然と言い返した。実はアルゥナイアの言葉は正しい。マクスファーンの大型機動兵器はかなり不格好だ。大まかには球形であり、その周囲に推進器や武器が大量に装備されている。これは単純に勝利を最優先した作りだと言える。同じ大きさなら構造上、球が一番強い。これは歪曲場で守る場合も同じだ。しかも大型の動力を球の中心におけるから、攻防共に強くなる。加えて球はどこが正面という事もないので、自爆攻撃で破壊された後部以外は、どの向きでも攻撃力にそう大きな差がない。死角がなく、常に攻撃力があり、打たれ強い。乱戦と対孝太郎を意識した合理的な機体だと言えるが、間違いなく不格好だった。

『勝てばいいのだ！　見た目を気にして負ける事ほど愚かな事はないのだからな！　覚悟しろ火竜帝、そして青騎士よ！　ここでお前達とケリをつけてやる！』

そんなマクスファーンの言葉を契機に、フォルトーゼ解放軍は前進を開始した。最前列には小型の無人機が壁を作り、その背後に人間の兵士や大型の機動兵器を配置。皇国軍が小型の無人機を相手にしている間に、後方からの攻撃で倒すという、明快だが非常に危険な戦術だった。

『儂らも行くぞ、青騎士！』

「はい！　ルースさん、頼みます！」

『おやかたさま、部隊を前に出します！』

孝太郎はこの時、ルースの言葉に軽い違和感を覚えた。

――まだ無人機しか来ていない筈だが……？

この時点で交戦エリアにいるフォルトーゼ皇国軍の通常兵力は僅かだった。それは数時間前に孝太郎達と一緒に地上に降りた、少数の兵士達だ。だから部隊と言えば彼らの筈だが、実際に前進したのはそれとは似ても似つかない部隊だった。

「なんだこりゃ⁉」

『ホウ、面白い事を考えたな。鋼鉄の兵団とは……』

孝太郎は驚き、アルゥナイアは笑った。孝太郎達の後方から進み出て来たのは全て無人機で構成された部隊だった。だがその構成が普通ではなかった。部隊は等身大の人型の無人機を主軸にして、多種多様な無人機によって構成されていた。最前列には重装甲と射撃で戦線を支える無人機、その死角を守るように人型の無人機が手持ち火器を手に随行している。ここまで人型無人機を運んでいたと思われる輸送戦闘車も自動制御で攻撃に参加している。その更に後方には砲撃用の中量級無人機が鎮座していて、接近する敵を狙っていた。上空にも偵察用の無人機や、自爆攻撃用の無人機、そして単純に戦闘機やヘリコプターの代わりとなる中型の無人機が飛び回っている。それはさながら無人兵器の見本市といった状況で、アルゥナイアの言葉通り鋼鉄の兵団という名前が相応しかった。

――そりゃあ、驚きますわよね、まったく……。

前進する鋼鉄の兵団を見ながら、クランは思わず溜め息をついた。普通、無人機だけで戦闘部隊を作ろうなどとは誰も考えない。というより、技術的に難し過ぎるのだ。複数の設計思想の違う機体を、相互に連携させて行動させなければならない。しかも戦闘中に敵味方双方の数の増減に合わせて再調整も必要になる。整備に際しても様々な機体が混在する事になるので、現場の混乱の元になる。だから無人機は普通、一種類か二種類の使用で済ませる。それをあえてやったのは、どうしても数が不足していたからだ。しかしルースからその提案を受けた時、クランは最初それに反対した。

『確かにこうすれば数は足りますけれどっ、制御の方はどう致しますの⁉　単純に前へ出すだけではやられるだけでしてよ⁉』

全体の連携が無理となれば、全機が人工知能によって個別に戦闘を行う事になる。その場その場で多少の連携はあるだろうが、基本的に突撃して攻撃の繰り返しになるだろう。それではゾンビの群れと変わらない。時間稼ぎ以上の事が必要な今、クランにはそれが現実的とは思えなかった。だがクランの疑問に答えたルースは、いつになく力強かった。

『わたくしが何とか致します！　以前から研究はしていたんです！　実験まではしておりませんが！』

この鋼鉄の兵団は、現在の特殊な状況とルースの特異な才能によって生み出された。この時点で皇国軍が即時で転送出来るのは無人兵器のみ。だが一種類か二種類の無人兵器だけでは数が足らなかった。無人機は本来通常兵力の補助の為に配備されるので、主力を担う程の数が無かったのだ。そこでセオリーを無視して数を優先、近隣の基地や艦船から、手当たり次第に無人機を掻き集めた。無論そんな事をすれば様々な機体が混在する事になってしまい、連携させる事など不可能。ひたすら無謀な突撃作戦を繰り返す事になるだろう。だがルースの存在が不可能を可能に変えた。

『敵が生ける屍（しかばね）を兵士のように行動させるというなら、こちらは無人機を軍隊のように行動させるまでです！』

ヒントは先日の戦いでグレバナスが投入した、死霊（しりょう）の兵士達だった。あれは生ける屍に兵士の行動モデルを埋め込んで実現させていた。その発想を参考に、ルースは多種多様な無人機の集団を、軍隊のように行動させる事を考えた。それを研究していたからこそ、この特殊な状況に対応できたのだった。

――それを思い付いたからといって、簡単にやれる事ではありませんわよ、パルドムシーハ。貴女（あなた）も大概（たいがい）ですわね……。

多種多様な無人機の集団を、よく訓練された兵士達のように行動させる――言葉にすると簡単だが、実際にやろうとすると目も眩（くら）むほど複雑な処理をしなければならない。それを成（な）し遂（と）げているだけで大変な才能の証明だろう。だがそれでもルースは人間だ。制御の未完成部分の補助に時間を取られ、彼女本来の役目が果たせなくなってしまっている。だからオペレーターとしての仕事はクランが代行していた。そしてクランはルースに代わって、孝太郎に告げた。

『戦線はこちらの無人機で支えますわ！　貴方達（あなたたち）はその大型の機体に集中して下さいまし！』

「分かった、そっちは頼む！」

『では参る！』

『やったれぇっ、怪獣(かいじゅう)のおじちゃぁん！』

大地を激震(げきしん)させながらアルゥナイアが走る。その巨体(きょたい)には多くの死角があり、普段なら敵はそこを狙って来る。だが今はその心配をする必要がない。アルゥナイアの周囲を鋼鉄の兵団が固めているから、回り込んで死角を突(つ)かれる心配は無かった。


先日戦った真竜零式(しんりゅうれいしき)は十メートルほどの大きさだったが、この球形の無人機は優にその倍はある。しかもほぼ球形なので、重さで言うと倍どころの騒(さわ)ぎではない。下手をすると二十倍以上は重い筈だった。

『だが意外と速い！　色んな方向から火を吹いているせいか！』

アルゥナイアの剛爪(ごうそう)が空を切る。問題の無人機は攻撃を受ける直前に緊急用ブースターに点火して、急激に移動方向を変えていた。その動きはその巨体から想像するスピードを大きく上回っていた。

『当然でしょうっ⁉　このアクタルスはこれまでの戦いで得たノウハウを全て投入して組み上げられたのです！　当然君達のデータは計算に入っていますよ！』

問題の機動兵器はグレバナスの発案で作られたので、彼は誰よりもこの機体に詳しかった。そしてグレバナスはこの球体の大型無人機にアクタルスという名を与えた。アクタルスとはフォルトーゼの古代語で球や円環、もしくは完全を意味する言葉だ。機体がこの名を冠しているのはその姿だけでなく、機体そのものへの自信の表れでもあった。

『そして技術的にも劣ったところはない！　二千年前とは違うのですよ！』

グレバナスの指示に従って、アクタルスは高速で移動しながらの砲撃を繰り返す。この時撃ち出していたのは霊力の塊だった。命中すればアルゥナイアが魔力と強靭な鱗で身を守っていようとも、その身の霊力が削り取られていくだろう。今のグレバナスは孝太郎達と同等の技術を持ち、しかも弱点を理解している。かつてのような単なる力押しの戦いではない。幾度もの戦いを経て、ようやく同等の力を得たのだ。アクタルスの名は伊達ではなかった。

『はいぱー「早苗ちゃん」ばりあー！』

バンッ

しかし命中しかけた霊力弾は、実際に命中する前に空中で弾け飛んだ。早苗の強力な霊力が飛来する霊力弾を防いだのだ。

『助かる、サナエ！』

『気にせずつっこめ怪獣のおじちゃん！　霊能力はあたしが防ぐから！』

『おうとも！』

強敵に対して、孝太郎達は一致団結して対応していた。元々物理攻撃と魔法攻撃に対しては滅法強いアルゥナイアだが、霊力に対してはそれなりの防御力しかない。だが霊力を使った攻撃を早苗が防げば、防御面は万全だった。

『コータローや、そっちにも何機か行くぞ！』

ティアの仕事は上空の敵の排除だった。地上部隊はルースの鋼鉄の兵団が止めてくれていたが、飛行するタイプの敵は止められない。飛んでくる敵に早苗がやられてしまうとアルゥナイアの守りが崩れるから、ティアの仕事は重要だった。だがそれでも数が多いので討ち漏らしは発生する。

「分かった！　………あれか！」

そうやって接近して来る敵を排除するのが孝太郎の仕事だった。言ってみれば孝太郎が防御の要だと言える。孝太郎が倒れると早苗、アルゥナイアとドミノ倒しに倒されてしまうからだ。

「飛び道具はそんなに得意じゃないんだが……今は贅沢言ってられないか！」

キュンッ、キュキュンッ

孝太郎はアルゥナイアの頭の上から飛び出すと、肩に装備されている高収束ビームカノンを連射した。このビームカノンは鎧の追加装備であるガーブオブロードの砲であり、本来は接近して来る敵を自動的に排除してくれる便利な武器だ。だがまだ遠くにいる敵をあえて撃つ場合には自分で狙って撃たねばならない。孝太郎は射撃より剣の方が得意なので多少の苦労はあったが、幸い狙い通りに接近中だった無人機を撃墜する事が出来た。

『おのれ青騎士め、あの者が居る限り無人機の攻撃は通じぬか!?　仕方ない、無人機の浪費を避けて地上部隊の支援へ――――』

『グレバナスッ、後先考えて戦うんじゃない！　どうせもうすぐ皇国軍の通常部隊が押し寄せてくるのだっ、目の前の敵に集中しろ！』

『マクスファーン様!?　は、はいっ！』

孝太郎達の連携の巧みさに算を乱しかけたグレバナスだったが、マクスファーンの一喝ですぐに落ち着きを取り戻した。

――確かにマクスファーン様の仰る通りだ。ここは青騎士の一派を一人でも倒す事を考えるべきだ……。

参謀役故に多くの事を考えるグレバナスだが、それ故に考え過ぎて方針がブレる事がある。だが幸いな事に、マクスファーンの明確な目的意識がそれを元の方針に引き戻してくれていた。

『ジェネレーターの出力を百二十パーセントまで上げるのだ！』

『お言葉ですがグレバナス様、それでは数分でジェネレーターが燃えて――』

『数分もてば十分だ！　その前に皇国軍の援軍が来るのだからな！』

落ち着きを取り戻したグレバナスは、アクタルスに無茶をさせる事に決めた。だが無策の無茶ではない。残り時間が短いので、機体もそこまでもてばいいという考え方だ。現実的な戦術としての無茶と言えるだろう。

孝太郎の戦いが激しさを増していく一方、地上部隊同士の激突は次第に混乱した様相を呈し始めていた。

「中隊長、どうやら皇国軍は部隊全体が無人機ないし、自動兵器の類のようです」

「転送してきた以上、予想通りではあるが……信じ難(がた)いな。一体どうやって操っているのだ……？」

「それと……ウルワースの分隊で、兵士が一人行方(ゆくえ)不明だそうです」

「それは確かか？　戦死や戦時行方不明ではなく？」

「交戦前から姿がなかったと、確認(かくにん)が取れています」

「……上は一体何を考えているんだ？　無茶な転送をしやがって！」

混乱の原因はフォルトーゼ解放軍の士気の低さだった。今回の戦闘では上層部の無茶が士気を下げてしまっていた。人命軽視の転送で行方不明者が出てしまっており、兵士達(たち)に戸惑(とまど)いと不安が波紋(はもん)のように広がっていた。

「この分だと、あの噂(うわさ)もあるいは……」

「ムゥラクトの所の第八機動歩兵小隊か……どうも嫌(いや)な空気だ……」

実は現在、当初から地上に展開していた一部の部隊との連絡(れんらく)が取れなくなっていた。それは例の降下艇(こうかてい)の位置から見て、北西の方向に配置されていた筈の部隊だった。

「やはり居たんでしょうか、広域焼却弾頭(しょうきゃくだんとう)の爆心地に……」

「……幾ら何でもそんな事はないだろう……いや、しかし……」

増援(ぞうえん)として彼らが地上に転送された時から、問題の部隊とは連絡が取れなかった。だからすぐにある噂が囁かれ始めた。直前にあった広域焼却弾頭のミサイルによる大爆発に、巻き込まれたのではないか、と。最初は隊員達も噂を信じていた訳ではなかった。だが人命軽視の転送によって行方不明者が出たと分かった今、噂は真実味を帯び始めている。上層部は兵士達を大量に死なせる事になっても、青騎士の一派を倒そうとしているのではないか――――そんな噂が兵士達の士気を著しく下げていた。兵士達も戦いでの死は覚悟している。だが味方に殺されたり、無意味に死ぬのは本意ではなかった。

「中隊長、大変です！　敵陣に大型の人型機動兵器が出現！」

「なんだとっ⁉」

そんな彼らの混乱を更に複雑なものにしていたのが、皇国軍側が新たに投入した大型の人型機動兵器だった。

「攻撃がまるで効いていません！　物凄い防御力です！　こちらだけが一方的にやられています！」

身長はおよそ二十メートル。ずんぐりむっくりとした体形で、動きは鈍い。だが防御力は圧倒的で、ビームも実弾も全く効いていない。この人型兵器は解放軍側の攻撃を殆ど無視するかのように前進、兵士達や無人機を撃破し続けていた。

「見た事もない人型兵器だ。……まさかクラリオーサ皇女の新兵器か⁉」

クラリオーサ皇女が高度な技術を持つ科学者である事は国民なら誰でも知っている。PAFの発明者であり、それ以外にも革命的な発明を数多く生み出している。彼女なら巨大なロボットも持っているだろう――――迫り来る巨体を見上げながら、中隊長は絶望的な気分を味わっていた。

兵士達の混乱を読み取ったのは『お姉ちゃん』だったが、それを聞いて行動を起こしたのはクランだった。だから解放軍の指揮官が、クランの仕業だと思ったのは間違いではない。だが間違いは別の場所に潜んでいた。

「あー、大成功してるよ。みんなちょー怖がってる。あんたの最新発明だとでも思ってるみたい。やるじゃない、メガネっ子！」

「………なんだか喜んでいいやら、悪いやら………」

クランはここで何故か肩を落とした。彼女が送り込んだ巨大な人型兵器は大戦果を挙げている。解放軍は逃げ惑い、無人機はその数を大きく減じていた。彼女ががっかりする必要などどこにもない。だからキリハは微笑んだ。

「我は喜んで良いと思うが」

「キィ……わたくしは本物を送りたかったですわ」

驚いた事に、実はあの巨大な人型兵器は大部分が立体映像だった。人型無人兵器を模した立体映像の中に五機の砲撃戦用の無人機を隠して、巨大ロボットのフリをさせているのだ。だから攻撃も効かない。実際は攻撃が通り過ぎてしまっているのだが、敵にはそれに気付く余裕はなかった。

「敵にとっては本物だ。鋼鉄の兵団が目の前に迫り来るタイミングで、よもやそれがハッタリだとは誰も思うまい。しかも敵は士気が低く混乱気味だ。誰もが本物と思って恐れるだろう」

解放軍は最初から混乱していたので、誰も細部まで見ていなかった。もちろんセンサーで確認すれば普通に五機の無人機が見えるだろうが、やはり同じ理由で誰も確かめようとしない。しかも今は夜で、細部が見え辛くなっている。だから目の前に巨大なロボットが居る、誰もがそれを信じてしまった。キリハの指摘通り、解放軍の兵士達にとってそれは紛れもなく本物だった。結果、兵士達は戦いを放棄して逃げ出し始めていた。

「いけー、サンファイオー!」

興奮した『お姉ちゃん』が人型機動兵器の名を叫ぶ。この巨大な無人機のモデルは地球にあるサンファイオーという名の人型兵器だ。それはサンレンジャーの持ち物であり、五機のマシンが合体して一体の巨大ロボになるという特別製の機体だった。クランもその完成に協力していたので、その外観の三次元データを持っていたのだ。

「メガネっ子っ、あんたやっぱり天才だわっ！」

「……………」

敵は大騒ぎ、味方は大絶賛。クランの天才的なひらめきと、実行された作戦の結果はあまりにも見事だ。だが本人の表情は暗い。彼女はこの素晴らしい結果と評価を望んでいないのだ。

――また詐欺や陰謀の類で結果を出してしまった………。

クランも分かっている。気付いたからにはやらねばならなかったと。この戦いの結果はその後の展開を大きく左右する。勝てば多くの犠牲を防げるだろう。それはクランも十分に分かっている。だがそれでも彼女は、出来れば皇女らしい正道で天才だと評価されたいという気持ちが抑えられなかった。

クランの偽巨大ロボット作戦が功を奏し、動揺した解放軍の陣形は大きく崩れ始めた。兵士より無人機が多ければ崩れなかったのだろうが、解放軍が強引に通常兵力を転送した事がここではマイナスに働いていた。

「何もかも、綻んで来ているんじゃないか、マクスファーン！」

『何とでも言うがいい！　ここで貴様を殺す事が出来れば全ての帳尻が合う！』

当初はキリハ達三人を狙っていたマクスファーンだったが、今やその狙いは孝太郎に移っている。それを綻びと見るか、それとも本来の目的であると考えるかは意見の分かれるところだろう。

――――とはいえ俺達も困った状況だ。既にキリハさん達の回収には成功している。撤退も視野に入るが、俺達が居なくなれば明らかに会議場を狙うだろうしな……。

実は孝太郎達は、会議場を攻撃されると政治的に非常に困った事になる。『フォルトーゼ経済発展会議』には銀河中の要人達が集う。会議場がある惑星アライアはマスティル家の直轄領なので、そこで要人達を失うと皇帝の統治力や軍事力に疑問符が付く。しかも厳密には分かっていて攻撃を放置していた状況にある。民間への被害が出れば間違いなく責任問題へと発展するだろう。だから半端な撤退は出来ない。どうしてもここでフォルトーゼ解放軍を倒し切らねばならなかった。

『すまんな、孝太郎。苦労をかける』

キリハもその辺りの事は全て織り込み済みだ。それでもなお危ない橋を渡るべきだと判断したのだ。だから鎧の通信装置から聞こえて来るキリハの声は申し訳なさそうだった。

「まったくだ！　だがお説教は後回しだ！」

ドンッ

孝太郎はシグナルティンを振り回してミサイルを両断すると、アクタルスの方に向き直る。やはり最大の問題はアクタルスだった。

「キリハさん、正直な意見を聞きたい。あれ、まずいよな？」

孝太郎は嫌な予感がしていた。それは戦闘力的な意味ではない。頑張れば勝てなくもない気がしていた。しかももうすぐ援軍も来るのだ。だがどこか不安が拭えない。具体的な根拠はないが、相手はマクスファーンだ。これまでの事を思うと、このまま普通に戦いが終わるとは思えなかった。

『非常にまずい』

キリハは孝太郎に同意した。ただし彼女の場合はもう少し踏み込んだ予想があった。

「だよな」

『丁度その話をしようと思っていた』

キリハが連絡してきたのは詫びる為ではなかった。まさにこの問題を話す為だったのだ。キリハは話が早くて助かるとばかりに続けた。

『この戦いには時間制限があり、そこまでの戦況とは無関係に解放軍が敗北する。従ってその直前にマクスファーンはある事を実行する』

惑星アライアはフォルトーゼ皇国の支配地域だ。当然、皇国軍も十分な数が配置されている。大規模な戦闘が始まった以上、遠からず皇国軍の大部隊がやってくる。そうなると解放軍は袋の鼠だ。その時点でどちらが勝っているかとは関係なく、解放軍は敗北する事になる。その敗北を受け入れる前に、マクスファーンは行動を起こすだろう――――キリハはそのように考えていた。

『あくまで予想なので保証は出来ないが、周辺地域への無差別攻撃か、自爆に類するものだと考えている』

撤退が可能な兵力は撤退するだろう。しかしそれが不可能だったり効率的ではない兵力は後に残り、会議場への攻撃、あるいは近隣の都市への攻撃を行う。あるいは自爆して孝太郎達を道連れにしようとするだろう。

『多くの攻撃は防げるだろう。皇国軍は十分な防衛手段を持っている』

大半は問題がない。キリハも敵が会議場を狙う可能性は考えていたので、事前に防空兵器は配備してあった。自爆も基本的に問題にはならない。大きな機体が少ないので、この場所で自爆しても他の場所への影響は少ない筈だった。

『だが一つだけどうしても防げないものがある』

「あれの背中のミサイルか」

『そうだ。あれの自爆だけは防げない』

問題はただ一つ。それは発射装置が壊れてアクタルスの後部に残ったままのミサイルだった。それを発射しないまま、広域焼却弾頭を起爆させる可能性は十分に考えられる。そもそもアクタルスは追跡され易い大型機なので、どうせ回収できないのなら最後に孝太郎達を道連れに――――という発想は十分に考えられた。

「そんな事をしたら大変な事になるぞ!?　また味方ごと焼却するつもりか!?」

『汝らの足止めが要る。自爆なら味方ごとだろう』

もし孝太郎達を道連れにする事を考えるなら、交戦中にそのまま起爆するのが確実だろう。つまり解放軍の兵士達はそのままそこにいる状態、という事になる。兵士を撤退させて孝太郎達に気付かれるぐらいなら、いっそそのままやってしまえばいい。キリハはマクスファーンならそのように考えるのではないかと推測していた。

「そんな事は絶対に阻止するぞ！」

孝太郎は自爆などさせるつもりは無かった。無人機を自爆させて、孝太郎達を一人でも道連れにしたい、そこまでは分からなくもない。だがその為に味方の兵士達を無視するやり方には納得できない。身を守る為にも、無駄な犠牲を減らす為にも、孝太郎は起爆を阻止しようと決心していた。

『発射されれば撃ち落とす事も出来るが、発射しないならあれの背後を取らねば弾頭を処分できない。しかもこちらの意図に気付かれたらその時点で起爆するだろう。弾頭を処分するのは現実的ではない』

「じゃあどうしたらいい!?　教えてくれ、キリハさん!」

『向こうが怪しんだり不安を感じたりする状況を避けねばならない。一撃であの機体の制御系を破壊するのだ』

マクスファーンは時間切れになるか、不利を悟ると起爆する可能性が高い。孝太郎達が逃げようとしたり、弾頭にちょっかいを出す状況もそれに含まれるだろう。だとしたら方法は一つしかない。一撃でアクタルスのコンピューターを破壊し、起爆の命令を出せないようにする。キリハはこれが一番可能性のある解決法だと考えていた。

「難しい事を簡単に言ってくれるなあ……」

『すまない、孝太郎。マクスファーンがここまで踏み込む男とは思っていなかった』

「参ったな、こりゃ……」

孝太郎にもそれがどれだけ難しい事なのかが想像出来ていた。アクタルスは機体が球形である以上、最も重要な装置であるコンピューターはその中心に配置されているだろう。そしてその前にはコンピューターに次いで重要なジェネレーターが置かれている筈だ。つまりキリハはジェネレーターを貫けと要求しているのだ。だがジェネレーターは大きく、しかも強固だ。停止させるだけならともかく、貫くとなれば尋常ではない攻撃力が必要となる筈だった。

『嘆くな青騎士。儂らの仕事だ。儂とお前に出来ねば誰にも出来ん』

「ふぅ。………それでは期待に応えるとしましょう」

『その意気だ！』

『ぶぅ、あたしの事も忘れないでよね！』

『すまんすまん』

この仕事は孝太郎とアルゥナイア、そして早苗の役目だ。攻撃力だけなら、この三人が協力し合った場合が一番高い。ジェネレーターごとコンピューターを貫こうとするなら、この三人の協力は必然だった。

結論から言うと、キリハの予想は正しかった。マクスファーンはアクタルスのミサイル発射装置が損傷した時点で、戦況に応じて自爆させる事を考えていた。だが無人機だけとはいえ皇国軍側の兵力も到着しつつある今、孝太郎達を確実に倒せる保証がなく、最後の手段とすべきだと考えていた。孝太郎達が無人機の歪曲場を利用して、生き延びる可能性が考えられたのだ。

『ラルグウィン様』

宇宙戦艦の指揮所にいるマクスファーンのもとに、部下からの連絡が届いた。兵士達はまだマクスファーンをラルグウィンだと思っているので、その呼び名はラルグウィンのままだった。

『皇国軍の輸送艦が戦闘エリアに接近中』

「猶予はどの程度だ？」

『この雰囲気ですと二、三分で地上部隊が展開すると思われます』

「ふむ、分かった。グレバナス、青騎士達はどうだ？」

マクスファーンは部下からの連絡を切ると、すぐ近くにいるグレバナスに目を向けた。

グレバナスはそこでコンピューターを操り、アクタルスに指令を送り続けている。つまり実際に孝太郎達と相対しているのはグレバナスだった。

『先程から戦い方が少し消極的になりました。もしかしたら味方との合流を待つつもりなのかもしれません』

「有り得る話だな。そもそも向こうにはもう、積極的に攻める理由がないのだからな」

戦略的に考えるなら、皇国軍は既に目的を達していた。キリハとクラン、ルースの三人は既に皇国軍――まだ無人機ばかりではあるがそれでも一応は――の保護下にあった。つまり解放軍側の暗殺作戦は失敗であり、皇国軍側はこれ以上犠牲を出さない事を考えるのが当然だった。

「逆にこちらは無茶をせねばならない状況……さて、どうする……？」

マクスファーンは短い時間で考えをまとめた。アクタルスは期待通りの結果を出していた。青騎士達を相手にほぼ互角の戦いを繰り広げている。誰かを道連れに出来る可能性は十分にあるだろう。青騎士本人か、火竜帝か、あるいは霊能力者の少女か。火竜帝は攻防共に強固、霊能力者の少女はそもそも実体がなく倒せるか不透明だ。そうなると両者の弱点を守っている青騎士本人を狙うのが一番効果的なように思われた。

「グレバナス、青騎士に攻撃を絞れ」

『やはり後先考えずに、ですな？』

「そうだ。それと起爆のタイミングも任せる。上手く使って青騎士を殺せ！」

『なるほど、承知致しました！』

グレバナスはそう言って歯を剥き出しにして笑った。幾ら青騎士と言えど、アクタルスの攻撃を受ければ防御は弱まる筈だ。その瞬間に広域焼却弾頭を起爆すれば、青騎士を倒せる可能性がある――――それは十分に挑む価値のある賭けだった。


解放軍の兵士達の犠牲も可能な限り減らしたいと考える孝太郎にとって、アクタルスが向かって来てくれたのは有り難い事だった。それはつまり、マクスファーン達は孝太郎達が自爆の阻止を狙っていると気が付いていないという事を意味する。だがそれはそのまま孝太郎の危機でもあった。『早苗ちゃん』がアルゥナイアを守り、孝太郎が『早苗ちゃん』を守っている以上、狙われるのは孝太郎だった。

『また攻撃が来るよ！　霊力が上がった！』

アクタルスは完全な機械であり、しかも無人機だ。だが霊力を発していないという訳ではない。霊子力ジェネレーターを搭載していて、霊子力フィールドで身を守ったり、霊力砲で攻撃したりする。機体の制御系にも一部霊子力技術が使われているようだ。だから攻防の瞬間だけ霊力に変動がある。早苗はそれを読み取って孝太郎に伝えていた。

「忙しい事この上ないな！」

　孝太郎は咄嗟に生み出した魔力の盾で飛来した霊力の塊を受け止める。だがそこで終わりではない。直後に鎧から煙幕弾を射出、周囲に煙幕を張った。その直後にレーザーが飛来、孝太郎に命中する。幸いレーザーは煙幕で大きく減衰していたので、ガーブオブロードのアクティブ歪曲場によって防ぐ事が出来た。

『こちらの弱点を狙っているのだ。青騎士、奴らはお前を倒せばドミノ倒しに儂まで倒せると知っている！』

　ドンッ

　最後はアルゥナイアの右腕だった。飛来したミサイルが孝太郎に命中する直前、その強靭で長大な右腕によって防がれた。対機動兵器用のミサイル程度では、赤い巨竜は傷一つ付かない。必要なのは霊力砲だった。だからこそ孝太郎が狙われている。霊力砲でアルゥナイアを倒すには、先に孝太郎と早苗を倒す必要があるのだった。

「助かりました、アルゥナイア殿！」

『だがどうする、このままではキリがないぞ！』

孝太郎達は攻めあぐねていた。アクタルスは動きが速く攻撃を当て辛い。しかも防御力にも優れている。また攻撃にも隙が無く、大量に装備した各種武器を状況に応じて使い分けている。戦術的にも人が乗っていない事が有利に働いていて、通常なら有り得ないようなタイミングで攻撃が飛んでくる。これまで孝太郎達と戦い続けたノウハウが詰め込まれた強敵だった。

『一瞬でも動きが止められたら良いんだけど……』

アルゥナイアの中から戦いを見守っていた静香は、アクタルスの動きの異質さが気になっていた。アクタルスは一瞬も止まる事無く、滑らかに動き続けている。生き物なら目標を定める瞬間や、行動の終わり等で、動きが止まる事が多々ある。だがアクタルスにはそれがなく、全ての行動が連続して続いている。これは高度化した専用の人工知能ゆえなのだが、孝太郎達は知る由もない。一つだけ確かな事は、この連続した動きを止めない事には、大きな攻撃を当てる機会が無いという事だった。

『うーん……一瞬かぁ……』

早苗は掌から霊波を放射してマシンガンの弾を弾き返しながら、じっとアクタルスを見つめる。実は彼女には少しだけ気になっている事があったのだ。

『一瞬なら止めれるかも。絶対じゃないけど』

「それでいい早苗、やってくれ！　時間があまり残ってない！」

この期に及んで、孝太郎は早苗の考えに賭ける事にした。マクスファーン達が起爆を選択する瞬間が迫っている。このまま何もしない訳にはいかなかった。

『分かった、タイミングはこっちで――――いや、こうしよう！　ろーかるえりあ・さなえちゃんねる！　それとオマケでこうだぁっ！』

早苗が全身から放った紫色の光が、孝太郎とアルゥナイアを包み込む。その光は孝太郎達の意識を繋げ、言葉を使わずに会話する事を可能にした。また光はいつかのように身体の反応速度も引き上げてくれている。これにより単純なスピードだけなら、互角になっている筈だった。

『よおし、じゅんびはいいか野郎共！』

『威勢がいいな、サナエ！　気に入った！』

『無茶しないのよ、「早苗ちゃん」！』

『……いいや、ここが無茶のし時だ。頼むぞ、みんな！』

『えへへへ〜』

孝太郎と『早苗ちゃん』を乗せたアルゥナイアはアクタルスに向かって突進を始めた。

元々宇宙空間さえ飛べるアルゥナイアなので、その飛行速度は速い。あっという間に時速数百キロまで加速し、周囲の風景は物凄い速度で後ろに流れ始めた。通常であればその状態で周囲を観察するのは難しかっただろう。だが今は早苗の力で神経の伝達速度が大幅に向上している。この状態でも孝太郎は普段通りに周囲を観る事が出来ていた。

『攻撃が来るよ、気を付けて！』

『ホウ、こうなって初めて気付いたが、ヤツは動き出しの直前に「すらすたー」とやらから微かな音がしている。これなら追えるぞ！』

　アルゥナイアはまるで曲芸飛行のように飛び始めた。早苗のお陰で、今の彼の耳にはアクタルスの姿勢制御用スラスターの作動音が届いている。噴射の直前にその音が聞こえるから、アルゥナイアはその音に合わせて向きを変えているのだ。これなら遅れる心配はない。何とか喰らいついていく事が出来ていた。

『助かったぞ、早苗！　これならなんとか……』

　相変わらずアクタルスの攻撃は孝太郎に集中していた。だがアルゥナイアと同じく、アクタルスの攻撃についていけている。長時間は厳しいかもしれないが、短い時間であれば攻撃に耐えられそうな雰囲気だった。

『えへへへへ～～～』

『早苗、それでこれからどうする⁉』

『もうちょっと近付かないと……』

『近付ければやれるんだな⁉』

『多分！』

『分かった！』

返事をした瞬間には孝太郎は既にジャンプしていた。飛び出した方向は進行方向右側、ほぼ真横に飛び出した格好になる。するとそんな孝太郎の動きに反応して、アクタルスが進行方向を変えた。

『無茶だわ里見君っ、そんな事したら死んじゃうわ‼』

静香はこの孝太郎の行動に悲鳴を上げた。孝太郎の鎧にも飛行能力はあるが、アルゥナイアと比べるとあまりにも遅い。推進力不足で既に大きく減速していた。これではどう考えてもアクタルスからは逃れられない。死にに行くようなものだった。

『そういう事か青騎士っ！　考えたなっ！』

アルゥナイアはニヤリと笑うと鋭く旋回し、アクタルスを追い始めた。アクタルスは飛び出した孝太郎に向かって直進している。そして孝太郎は真横に飛んだので、アクタルスはそれに合わせて斜めに飛び、結果的にアルゥナイアに側面を見せる形になった。この僅かな時間に限れば、アクタルスはアルゥナイアから離れる方向の動きが遅くなっている。孝太郎は攻撃の優先度を利用して囮になる事で、このアクタルスの動きを引き出したのだ。

『行くのだっ、怪獣のおじちゃんっ！』

『おうともっ！』

アルゥナイアとアクタルスの距離が縮まる。今なら爪どころか牙まで届くだろう。そしてこの瞬間こそが、『早苗ちゃん』が待ち続けていた好機だった。

『あたしの歌を聴けぇぇぇぇぇぇ!!』

早苗はそう高らかに宣言すると、その言葉通りに大きな声で歌い始めた。それは早苗が愛してやまない魔法少女アニメの主題歌だった。

『たいくつなんてっぷっとばそうっ♪　しずんだかおもっあかるくひかるっ♪　えがおのまほうでたすけにきましたー♪』

だが大事なのはそれが何の歌であるのかという事ではない。早苗が全力を込めて歌う事が出来る事が大切だった。この早苗の歌は音声としての歌ではない。その歌声は霊波に乗って辺り一帯に響き渡った。

ボッ、ボボボッ

その瞬間だった。アクタルスの姿勢が大きく崩れた。ブースターやスラスターの噴射が乱れ、大きく失速する。

『よくやった早苗！　これが狙いだったんだな！』

タイミングは完璧だった。それはまさに孝太郎の目の前で起こっていた。

『きのうのなみだはあさひにとかし♪　かぜははこぶよしあわせのよかん～♪』

早苗は孝太郎の言葉には答えず、そのまま歌い続けている。だがその表情は自慢げに輝いていた。そしてその逆に、笑い事では済まないのがマクスファーン達だった。

「何だこれはっ!?　グレバナスッ、一体何が起こっている!?」

『分かりませんっ……霊子伝達系に異常!?　システムを再起動!?』

何かをされたようには見えないにもかかわらず、突然アクタルスが動作不良を起こし幾つものシステムに再起動がかかった。二人には早苗の歌が聞こえていないから、ただ混乱するばかりだった。

「何をやってる、早く動かせ！」

『再起動まで八秒！　しかしこれでは――』

実は早苗が狙ったのはアクタルスが孝太郎に向けて攻撃を行った瞬間だった。アクタルスは霊力を様々な事に利用しており、情報伝達にも利用されている。早苗はその情報伝達用の霊力が下がった瞬間に、強力な霊波をぶつけた。それによって伝達が寸断し、システ

ムにはエラーが多発。混乱して再起動がかかったという訳だった。電子戦攻撃ならぬ霊子戦攻撃。早苗にしか出来ない大技だった。

『今だ青騎士！』

『うおぉぉおおぉぉぉおおぉおっ！』

バキイイイン

シグナルティンの一撃がアクタルスに打ち込まれる。魔力を分解する力を持つその優美な白銀の剣は、アクタルスを守る防御魔法を打ち破り、その装甲を大きく引き裂いた。

『行くわよ、おじさま！』

『出でよ、煉獄の炎っ！　轟けぇ、爆炎の鼓動っ！　我が腕に宿りてっ、天地を焼き尽くす終末の楔となれ！』

アルゥナイアは火炎の覇者。炎を操る為に呪文を必要としない。だが特別な火炎を生み出したい場合は別だった。呪文を唱えて必要な特性を付与する事がある。今回はそれによって右腕に強力な炎を宿らせた。

『ハアアァアアァァアァアァッ！』

本来、呪文を唱えながら攻撃をする事は出来ない。だが今のアルゥナイアは静香と一心同体だ。アルゥナイアが呪文を唱え、静香が攻撃する。そんな本来なら有り得ない、二心同体の必殺の攻撃が繰り出された。

ゴッ

アルゥナイアは静香の動きで右の拳を突き出した。それは空手では基本中の基本、右の正拳だ。それだけに静香が際限なく練習した動作でもある。全身の筋肉で生み出した強力な物理エネルギーと、飛行して得た運動エネルギーを無駄なく一つに束ね、拳はアクタルスの胴体に打ち込まれた。そこには先程孝太郎が引き裂いた装甲の隙間がある。拳はその隙間から易々と装甲の内側へ潜り込んだ。

『宣誓せよ！　終極の焔楔！』

ゴアアアアァァァァァッ

その瞬間、アルゥナイアの右腕に宿った魔力が解放された。拳に宿った力がアクタルスの内部を破壊。それを同時に炎が焼き尽くした。無論、ただの炎ではない。瞬間的にだが数万度まで一気に加熱、白熱した光を放っていた。それはさながら天地開闢の光であるかのようだった。

　その一撃はジェネレーターとコンピューターどころか、アクタルスの機体そのものを完璧に貫いていた。その胴体の中央に空いた大穴は綺麗な円形であり、孝太郎はむしろ突き抜けた火炎がどうなったのかを心配しなければならなかった。火竜帝アルゥナイアここにあり――誰もがそう思わずにはいられない、見事な一撃だった。

「………あそこに山があって助かりました。洞窟が増えてましたけど………」

『青騎士、儂もまだまだやるだろう？』

「少し加減して下さい、アルゥナイア殿。肝が冷えました」

『無理だ。あれがどれだけ強いか分からなかったから、とにかく思い切りやったのだ』

「………それは、仕方ないか………」

　孝太郎は肝を冷やしたが、アルゥナイアは上機嫌だった。そして静香は酷く落ち込んでいた。

「私、今日から何日か、絶対に体重計に乗らない」

「んー、足が地面にめり込んでるし、絶対に何トンかあるよね」

「言わないで『早苗ちゃん』！　そんな悲しい現実っ！」

　状況は理解している。静香もそこに文句は無い。文句は無いが、酷く切なかった。

「やれやれ、ようやく終わったか……」

孝太郎はそう言って苦笑すると大きく息を吐いた。戦いは少し前に終わっていた。アクタルスが撃破された段階でフォルトーゼ解放軍は撤退を開始。だが一部は撤退の機を逃して降伏した。犠牲が無かったとは言えないが、少なくとも解放軍の兵士達がマクスファーンに殺される事はなかった。

『里見孝太郎』

「キリハさんか」

『無事に終わったようだな』

「………俺が何を言いたいか分かるか?」

『プロポーズだな?』

「ばっ、馬鹿野郎っ!　いいかっ、そこを絶対に動くなっ!　今から説教しに行くからなあっ!　お前らには言いたい事が山ほどあるっ!」

『謹んでお受けしよう』

「プロポーズじゃないっつーのっ!」

そして何より、キリハとクラン、ルースが無事だった。三人はマクスファーンの暗殺計画から無事に逃れる事が出来たのだ。三人が乗った降下艇が撃墜されたと知った時、孝太郎は本当に口から心臓が飛び出しそうだった。それだけに無事で終わった安堵は深い。そしてその分だけ、この時の孝太郎の怒りは激しかった。

キリハ達からその相談を持ち掛けられた時、晴海は即座に首を横に振った。

「駄目です。それはキリハさん達が危険過ぎます。協力は出来ません。というより、出来れば実行しないで頂きたいのですが……」

キリハ達は敵の詳細な情報を得る為に、わざと撃墜されるつもりだと言った。そしてその時に、晴海と真希、ゆりかの三人には情報収集に協力して欲しいというのだ。だがもちろん、そんな事は晴海には受け入れられなかった。

「気持ちは分かりますが……私も同意しかねます」

真希も晴海と同じ意見だった。キリハ達が情報収集を急ぎたい気持ちはよく分かる。実態の分からない敵と戦うのはあまりにも危険だ。真希は元ダークネスレインボゥであるだけに、その点は誰よりも良く分かっていた。だがそれでも、情報の為にキリハ達三人が負うリスクがあまりにも大きい。下手をすると本当に死んでしまうようなやり方だった。

「でもでもぉ、キリハさん達はぁ、なんでそんな危ない事をしようと思ったんですかぁ?」

ゆりかは困っていた。ゆりかはそれほどこの手の知識がある訳ではないので、どうすべきかの判断がつかなかった。とにかくまずは詳細な説明を聞きたいというのが、この時点におけるゆりかの正直な気持ちだった。そんなゆりかの疑問にはクランが応えた。

「大まかには理由が二つありますの。まず、このまま正攻法でフォルトーゼ解放軍と戦えば、恐らく戦争は数ヶ月、あるいは年単位で続きますの。ですから多少無理をしてでも敵の本拠地の情報を掴んで、一気に決戦へ持っていきたいんですのよ」

現時点ではマクスファーンの騎士団の本拠地や、フォルトーゼ解放軍の主力部隊の配置など、戦争をする上で重要な情報が手に入っていなかった。逆にフォルトーゼ皇国軍側の情報はある程度マクスファーン達に伝わってしまっている。この構図は武装ゲリラ組織との戦いによく似た構図と言えるだろう。だから戦いそのものも、似たような流れを辿る筈だ。つまり全体像の分からない敵と、ずるずると戦い続ける事になるのだ。それを避ける為に、キリハ達は多大なリスクを覚悟の上で、この段階で敵の尻尾を掴もうと考えていたのだった。

「しかも今は昨年の内乱の影響から立ち直り始めた時期……このタイミングで長期の戦争を始めて国民に慢性的な犠牲を強いれば、きっと何十年も立ち直れなくなってしまいますわ。それだけは何としても避けなければ……」

昨年ヴァンダリオンが巻き起こした内乱も足枷となっていた。ようやくその影響から脱却しようというタイミングで再び長い戦争に突入すれば、フォルトーゼは致命的なダメージを受けるだろう。経済は委縮し、国民は貧困にあえぐ。そして戦場では多くの国民が死んでいくだろう。そこに兵士と民間人の区別はない。マクスファーンはそんな事を気にするような男ではなかった。

「そしてもう一つ、大事な問題がございます。これはわたくし達の都合に近い話ではあるのですが――――」

二つ目の理由はルースの口から語られた。そしてこの二つ目の理由こそが、晴海と真希の心を動かす事となった。

「――――おやかたさまを何年も戦争の中に置かずに済みます」

「そっ、それはっ⁉」

ルースの言葉を聞いた瞬間、真希は大きく目を見開いた。

「………確かに………それは、考慮すべき問題かも………しれませんね………」

驚いたのは晴海も同じで、うめくように呟きながら考え込んだ。真希も晴海も分かっているのだ。里見孝太郎という少年は、元々戦いや争いには向かない、心優しい人物なのだと。ただ仲良くなった人々が要人ばかりであったから、結果的に戦いや政治の場に身を置くようになってしまった。孝太郎は敵であっても、よほどの相手でない限り冷酷になり切れない。そんな人間だからこそ多くの人間が孝太郎を勝たせようとするし、孝太郎はその期待に応えようとする。だがその裏で密かに、戦いの度に心を擦り減らしているのが孝太郎という人間だった。だから孝太郎は出来る限り日の光の下に置いておきたい。戦いなどない方が良い。それが少女達の共通した願い。そしてその為には自分達がリスクを負う。戦争の期間を数ヶ月、数年の単位で短縮できるなら、キリハ達はリスクを冒す意味があると考えていたのだった。

「ただでさえ里見孝太郎に多くのリスクが偏重している」

「本来は皇家の役目ですのよ、あの男がしてくれている事は………」

「おやかたさまを一秒でも早く平凡な日常へ返せるというのなら、わたくしには命を懸ける理由になります」

「チャンスは今だけだ。連中が魔法や霊子力の運用に慣れてしまったら、このようなチャンスは二度と巡って来ないだろう。よく考えて判断して欲しい」

　そして少女達の幸福は、多くが孝太郎の平凡な日常の中にある。ならばそれをやらない理由はない。キリハとクラン、ルースの三人の決意は固い。そしてその瞳の輝きを見た事で、ゆりかは結論に達した。

「わかりましたぁ、私協力しますぅ」

ゆりかはその軽い一言で請け負った。相変わらず、難しい事はさっぱり分からない。だがそこに愛と勇気が輝いている事だけはゆりかにも分かる。ならばゆりかは守らねばならない。ゆりかは今も昔も、愛と勇気の守護者だった。

「そうね、私も協力するわ。その理由なら、私達は戦わなくてはならない」

ゆりかの言葉は少なかったが、その真意は真希にも伝わっていた。真希も今は愛と勇気の魔法少女。実践方法に多少の違いはあれど、目指すゴールは同じだった。

「桜庭先輩はどうしますかぁ？」

晴海にそう訊ねるゆりかの言葉は、相変わらず軽い。しかしその瞳の奥にある光は、とても強く優しい。強いる事も、退く事もない。ただ晴海の意図を問う、穏やかな眼差しが彼女に向けられていた。じっと様々な問題を考え続けていた晴海だったが、その質問を機に結論へ至った。

「……確かに里見君が英雄である事は、私達が背負わせてしまった重荷……そして戦争を早々に終わらせる事は、フォルトーゼ国民の為でもある……分かりました。私も協力致します」

それは晴海の言葉であったのか、それとも別の誰かの想いであったのか。それは彼女自身にも分かっていない。だがどちらでも同じだろう。晴海とその誰かの望みは、完全に一致(ち)しているのだから。

キリハ達が降下艇(こうかてい)で大気圏(たいきけん)に突入したその時、晴海達三人は軌道(きどう)上に居た。彼女(かのじょ)達は皇国軍との演習に参加している事になっていたが、実際にはネフィルフォランの『葉隠(はがくれ)』に乗ってこの場所で情報収集にあたっていた。彼女達の担当は魔力に関する情報の収集で、他の情報に関してはネフィルフォラン隊が担当していた。

「それで、キリハさん達は⁉」

『大丈夫(だいじょうぶ)、無事予定通りに撃墜されたそうです』

情報は逐一(ちくいち)教えて貰(もら)えている。今もそうで、晴海はネフィルフォランから作戦の進行状況を教えて貰っているところだった。幸い作戦の第一段階、撃墜されたフリをする部分は上手く進行しているという話だった。

「よかったですぅ」

「無事に撃墜という表現には、抵抗(ていこう)がありますけれど………」

やはり晴海達にとっても、この第一段階が一番心配なポイントだった。そこを無事にやり過ごせたと分かると、その安堵は深かった。

『それではよろしく頼みます』

「はい、直ちにかかります」

ネフィルフォランとの通話を終えると、晴海達はすぐに仕事にかかった。準備は既に済んでいる。晴海達は『葉隠』の格納庫を借りて、大規模な儀式魔法を準備していた。使用する魔法は魔力探知だ。三人で協力してこの魔法を使用し、グレバナスが魔法を使う瞬間を捉えようとしていたのだ。距離と精度の問題で、グレバナスが魔法で直接降下艇を攻撃する可能性は低かったから、彼女達の仕事はまさにここから始まるのだった。

「ゆりか、始めて頂戴。こちらで合わせるわ」

「はいですぅ。それでは、儀式化ディテクトマジックの詠唱を開始しますぅ！」

真希とゆりかは用意されていた魔法陣の上に陣取ると、一緒に呪文の詠唱を開始した。魔法の実行は主に現代語魔法の使い手であるこの二人の仕事だ。晴海は現代語魔法とは実行式が異なる古代語魔法の使い手なので、この魔法の実行そのものには関わらない。その代わりに魔力を集めたり、増幅したりというリソースの管理を担当している。また宇宙空間での魔法の使用は、地上での使用とは少し違う部分がある。晴海はそうした部分の補助も担当していた。

「……多分、これで大丈夫だと思いますぅ」

「桜庭さん、少しだけ魔力を高めてみて頂けますか？」

「はい……こんな感じでしょうか？」

「ありがとうございます、確認が取れました。儀式は成功、正常に動作しています」

　魔力は生命や物体から発生する傾向がある。だから一部の例外を除き、宇宙空間には殆ど魔力は存在していない。その為魔法使いが周囲の魔力を利用する事が出来ず、結果的に魔法の発動に必要な魔力のコストが増大する。だがその反面、宇宙では魔力が様々な意味で遠くまで届くようになる。やはり障害物がないので、魔力が減衰し難いのだ。だから探知魔法の効果範囲は地上で実行するよりずっと広くなる。今回に関してはそれを更に儀式化して探知範囲を広げているので、惑星アライア周辺の宙域であれば、魔力の反応を探知する事が可能だった。

「ここからは待ち、ですね」

　晴海はそう言いながら、事前に魔力を溜め込んでおいたクリスタルをチェックする。この大きなクリスタルに溜め込んだ魔力があれば、丸一日は儀式魔法が維持出来る計算だ。それまでにグレバナスが魔法を使ってくれれば、その場所を探知できる筈だった。

「使ってくれるでしょうかぁ、魔法ぉ」

「こればかりは神のみぞ知る、といったところね。とはいえ当たれば大きいのも確かよ。ピンポイントでグレバナスを発見出来る訳だもの」

　ネフィルフォラン隊とクラン指揮下の諜報部は、魔法以外の手段で敵の通信を追いかけている。その方法だと無作為に敵を探す事になるので、何かを見付け出す可能性は高いだろう。しかしそれが大きな結果には繋がらない可能性も高くなる。逆に魔法で探す場合はグレバナスを探す形になるので、彼の行動や狙い次第では魔法を使わず、空振りに終わる可能性も考えられる。だが真希が言う通り、グレバナスの居場所を掴めば大きな結果に繋がるだろう。それはマクスファーンの位置を掴む事に等しいからだ。それは比較的小さいながらも、諦めるには惜しい可能性だった。

「………キリハさん達ぃ、大丈夫ですかねぇ」

「だと良いんだけど………」

「大丈夫。この場合は便りが無いのはいい便り、ですよ」

　それから数時間、何事もなく時間は過ぎていった。事態が動いたのは、降下艇の撃墜から五時間余りが過ぎた時の事だった。

　リン

　涼やかな鈴のような音色が格納庫に響いた。それは儀式魔法に反応があった合図。それ

を聞いた真希は大急ぎで魔法陣の中心に立った。

「………これか！　桜庭さん！」

「はい、計測器を作動します！」

真希の指示で晴海が魔法陣の周囲に配置した計測器を作動させる。魔法陣の外縁付近、高さは人間の腰辺りの位置に、赤い光点が現れていた。それは魔力の反応だ。魔法陣を惑星アライア周辺宙域と考えた時、丁度その赤い光点の位置で魔力が行使されているという事を意味している。それを計測器で正確に測量すれば、宙域図との比較で魔力の反応がある場所が割り出せる筈だった。

「ネフィルフォランさん！」

『どうしました？』

「反応ありです！　今すぐデータを送信します！」

ここから先はネフィルフォラン隊、あるいは諜報部の仕事だった。三人が突き止めた場所にステルス艦を送り、グレバナスを追跡するのだ。そうすればマクスファーンの本拠地に辿り着けるかもしれない。実際にそうならない可能性もあるが、どちらにしろ様々な事が分かってくる筈だった。

全員で無事に皇宮へ帰った後、孝太郎はキリハからきちんとこの一件についての説明を受けた。すると孝太郎は驚きのあまり開いた口が塞がらなくなってしまった。

「じゃあ、敵の情報を引き出す為に、あえて撃墜されたって事かぁっ!?」

クランが事前にメッセージを残していたので、孝太郎も三人が敵の油断を誘う囮になった事までは知っていた。その結果、予期せず撃墜されたのだろうと思っていたのだ。だから孝太郎は危ない事をするなと怒っていたのだ。だがキリハの説明によれば、撃墜される事も狙っていたのだという。流石にこれは孝太郎も予想外だった。

「正確には引き出したかったのは通信だ。小規模であっても予期せぬ事件が起これば、指揮官への問い合わせが行われる。それに対する返答もな。だから逃げ切らず、捕まらずという状況を長時間維持して、通信量が増えないかどうか、無線とネットワーク双方を監視していたのだ」

当初の狙いは通信量を増加させる事で、敵の艦船や拠点を絞り込む事だった。もちろん通信量だけでは特定には至らない可能性が高かったのだが、幸い前回の戦いで得た情報が役に立った。グレバナスが魔法や霊子力技術の為に特殊な材料を集めている事が分かっていたので、物流業界に働き掛けてある程度地域を絞り込む事が出来ていたのだ。おかげで実際に監視していた地域はそれほど多くはなかった。

「どれだけ上手く偽装しても、こういう状況では全てを隠し通す事は出来ない。特に恨みを晴らす為に前のめりになっているのであれば猶更だ。おかげで想定よりもずっと上手くいった」

「ベルトリオン、実は現在、諜報部がマクスファーンの宇宙戦艦を追跡中ですの」

「マクスファーンを捕捉したのか⁉　……って、そうか！　あいつらだって、通信や転送が可能な範囲には来ていたって事だもんな！」

キリハは当初、なるべく位が上の人物の艦船を捕捉できればいいと考えていたのだが、思った以上にマクスファーンが前のめりになっていたおかげで本人の宇宙戦艦を捕捉する事が出来た。そして捕捉した宇宙戦艦は、諜報部のステルス艦が追跡中だった。

「ちなみにこれはハルミ様達のお手柄です」

「桜庭先輩達も噛んでたのか。急に演習が決まったって、こういう事だったんですね」

「ごめんなさい、里見君。知っている人は少なければ少ない程良かったから」

晴海は申し訳なさそうに詫びた。無論、隠し事は彼女も本意ではない。だが教えれば絶対に各人の行動が変わる。それをきっかけに敵に狙いを悟られてはまずい。黙ったままでいるしかなかったのだ。

「でも里見君、あえて危険を冒した価値はありました。これでこの戦いはかなり短縮される筈です」

　真希が強い瞳でそう断じる。彼女は自分の選択を少しも疑っていなかった。

「それは……そうだろうな……」

　孝太郎もそこは同意するしかなかった。キリハ達が命懸けで掴んだこの情報があれば、あらゆる意味で国民の負担は軽減される。結果論ではあるが、正しい試みだったと言えるだろう。だから孝太郎は、キリハ達の行動を責める事が出来なかった。

「はぁ……ともかく、もう二度と俺に内緒でこんな事はするなよ？」

　そしてその事だけを伝える。孝太郎はキリハ達が撃墜されたと知った時、本当に驚いたのだ。もちろん生きていると信じてはいたが、実際にその姿を見るまでは気が休まらなかった。もう一度同じ気持ちを味わう状況は、勘弁して欲しかった。

「問題ない。流石にもう一度同じ手にかかるような相手ではあるまい」

　キリハはそう言って微笑む。マクスファーンも馬鹿ではない。同じ手は二度と通じないだろう。また元々チャンスは一度きりだった。もう少し時間が経って魔法や霊子力技術、先進科学といったものへの理解が深まれば、マクスファーン達はキリハの策には引っ掛からないだろう。彼らが新たな技術の運用に慣れていないこのタイミングこそが、最初で最後のチャンス。だからキリハももう二度とやるつもりは無かった。

「むぅ……」

だがキリハの言葉を聞いても、孝太郎はまだ心配そうだった。孝太郎は少女達を信じている。全てを任せられる人間ばかりだった。だがそれだけに、彼女達は自ら危険を買って出る傾向がある。孝太郎はそこが心配だった。そんな孝太郎の姿を見て、ルースは小さく微笑んだ。

「大丈夫、心配いりませんよ、おやかたさま。青騎士ではなく、サトミ・コウタロウ様がそれを望まれるのであれば、わたくし達は必ず従います」

ルースはキリハの言葉を保証した。青騎士でも、騎士団長でもなく、里見孝太郎という少年が望むのであれば、少女達もただの一人の少女として、その望みに応えるだろう。それはルースの言葉だったが、間違いなく少女達の総意だった。

「そっ、それは……」

つまりルース、もとい少女達は孝太郎にこう言っている。『ずっと俺の傍に居ろ』と言え、と。その事に気付いた瞬間、孝太郎は戦いが終わった時にキリハが言っていた言葉を思い出した。『プロポーズか?』そう、これはつまりそういう類の話だ。反射的に孝太郎はキリハを見る。すると彼女は扇子で口元を覆って優雅に微笑んだ。

「では、もう一度やるかも――――」

しかも恐ろしい事に、これは脅迫でもある。きちんと態度で示さねばもう一度やるぞという、非常に厄介な脅迫だった。

「やるんじゃないっ！　もう二度と、俺の知らないところで危ない事をするな！」

それが半ば脅迫であると分かっていながら、孝太郎はそれでも少女達に内緒で危険な事をしないよう求めた。やはりあんな気分を味わうのは、もうこりごりだった。

「おっほっほっほ、仕方ないのう、そなたがそこまで言うのなら従ってやろう。わらわ達は良い女じゃから、そなたの都合を尊重する度量は持ち合わせておるぞ」

ティアは上品に笑いながら、少女達を代表してそう答えた。ティアに限らず、他の少女達も嬉しそうだった。やはり少女達の幸福は、大半が孝太郎の平凡な毎日の中にある。少女達の方も、こんな事件はもうこりごりだった。

この頃になると、マクスファーン達も罠に嵌った事に気付いていた。戦いの途中から何かがおかしいと疑ってはいたのだが、それを確信したのは撤退の後に灰色の騎士と合流した時の事だ。合流する際に、灰色の騎士は諜報部のステルス艦が追跡して来ている事に気付いたのだ。

「一杯喰わされたな、マクスファーン。奴らはわざと戦いを長引かせ、貴様を見付けようとしたのだ」

『よもや、この辺りまで連中を誘導してしまう事になろうとは……』

「ええい、青騎士の策に嵌ったというのかっ⁉」

ドカッ

怒りを抑えられず、マクスファーンは指揮所のデスクに拳を叩き付けた。既に諜報部のステルス艦は撃退している。というより、気付かれたと悟った時点で向こうが撤退したのだ。ステルス艦は元々戦闘能力が低いので、これは妥当な判断だろう。しかも彼らは任務をほぼ達成している。マクスファーン達は本拠地まで案内してしまった訳ではなかったのだが、ここから調査を始めればいずれは辿り着くだろう。皇国軍が彼らの本拠地を見付けるのは時間の問題だった。

「忌々しい限りだが……暗躍する時期は終わった、そう考えるべきだろうな」

『その方がよろしいでしょう。元々そのつもりであった訳ですから』

最初から、今回の暗殺作戦を機にマクスファーン達は大攻勢に出るつもりでいた。そして大攻勢を仕掛ければ、おのずと各地の拠点や本拠地は明らかになってしまう。発見されるまでの時間に大なり小なり差は出るかもしれないが、元々そうなる運命だったのだ。

「一旦攻勢に出てしまえば、兵力が枯渇でもしない限りは、本拠地を知られていても問題はない」

マクスファーンは今回の一件に怯む事無く、かねてからの計画通りに戦いを始めるつもりでいた。時間的な損失はあったが、攻勢に出ている間はその影響は少ない。前線を押し上げてフォルトーゼ本国へ向かう形になるからだ。マクスファーンの居場所もそれに合わせて前進していくので、本拠地は余り重要ではないのだった。

『加えて戦闘に大規模な死が伴えば、勝つも負けるもフォルトーゼの弱体化に繋がります。エルファリアから民心を離れさせる事にも繋がっていくでしょう』

そしてフォルトーゼ皇国軍は更に、防衛側の悩みも抱えていた。攻撃側はその場所を自分で選べるが、防衛側は守る場所を選べない。国土が広い分だけ、広い範囲を守らねばならないのだ。しかも防衛に失敗して国民の死が相次げば民心は離れる。防衛側は常にこうしたリスクを抱えている。今回の一件で出遅れる形にはなったが、決してマクスファーン達が勝てない状況ではなかった。

「………だが、一つだけ問題が起こるケースがあるな？」

灰色の騎士は冷静にそう指摘する。早々に攻勢に出るというマクスファーン達の計画には、非常に厄介な問題が隠れている。灰色の騎士はその対策を欠いたまま実行するのは危険だと考えていた。

「そうだ。こちらが大攻勢に出る前に、青騎士の強襲があった場合だ。このケースを避けられるかどうかに全てがかかっている」

その問題にはマクスファーンも気付いていた。フォルトーゼ解放軍が大規模な攻勢に出る場合、その兵力の大きさ故に動き出しには多少の時間を必要とする。だが大きな組織が足並みを揃えるのは簡単な事ではない。かといってそれをしないと各個撃破されかねない。どうしてもある程度の時間を要する。だからもしそれまでの間に、青騎士が率いる小規模な部隊に本拠地を攻撃されると困った事になる。皇国軍はマクスファーンの本拠地の奇襲に必要な兵力なら、簡単に動かす事が出来る筈だった。

「ならば俺が出よう。そろそろ一度青騎士の顔を見にいくべき時期なのでな」

大規模な戦いは灰色の騎士の望みでもある。ここで青騎士達を足止めしなければ大規模な戦いは起こらないかもしれないから、灰色の騎士は迷わずマクスファーンに手を貸す事に決めた。

「頼(たの)もしいな、灰色の」

マクスファーンは楽しそうに笑う。灰色の騎士の答えは期待通りだった。

「……」

それに対して灰色の騎士は何も答えなかった。灰色の騎士はマクスファーンに何も期待していない。強いて言えば、大きな戦いの火種になる事だけは期待していると言えるかもしれなかった。

「クックック、まあいい。……さあ、戦争の始まりだぞ青騎士(あおきし)！　そして皇帝(こうてい)エルファリア！　再び国土が焼かれる様を、存分に楽しむがいい！」

灰色の騎士は返事をしなかったが、マクスファーンが怒った様子は無かった。それよりもこの先に起こる事への期待が勝った。灰色の騎士の力があれば、青騎士を止められるだろう。そうなればマクスファーン達は予定通りに出撃(しゅつげき)し、すぐに本拠地の事など問題にならなくなる。そしていずれはフォルトーゼの皇宮が、マクスファーンの本拠地となる。マクスファーンはそれを確信しているのだった。

ころな陸戦規定

NEW!　2011/12/6

第三十九条
　二〇二二年十二月六日（火）に記録された議事録六三八号を、付属資料・特Aとして本規定に追記する。

第三十九条補足
　言質は取った！　言質は取ったぞ！　後は戦争を終わらせるだけじゃ！　その後で、この記録を盾にゴリ押しするぞ！　………大丈夫ですかねぇ、そんな無茶な事をしてぇ。

あとがき

御無沙汰しております、著者の健速です。『六畳間の侵略者!?　全話いっき見ブルーレイ』発売中です！

ダイレクトマーケティングはさておき、今回『六畳間の侵略者!?』の第四十六巻が無事に発売となりました。物語は遂に結末へ向かって動き出しました。ここから孝太郎達の戦いは大きな戦争になっていく訳ですが、今回はその戦争の事について少しお話していこうかと思います。

最近のニュースを見ている方はお分かりかと思いますが、世界では幾つか戦争が起きています。しかもそれらは既に、長期にわたっています。戦争というものはとにかく多くの時間を要します。例外はありますが多くの場合、戦争は数ヶ月から数年もの時間がかかってしまいます。そしてその事は、物語との相性が非常に悪いと言わざるを得ません。そうなんですね。孝太郎君がここから何ヶ月も何年も、マクスファーンの一派と一進一退の攻防を続ける訳にはいかないのです。じゃあどうしたら戦争を物語の枠の中に納める事が出来るのか――――その答えの一つとして考えたのが、この四十六巻の物語です。

キリハとクラン、ルースの三人は、自らの命の危険と引き換えに、戦争の短縮を図ろうとしました。暗殺計画を逆手に取って、マクスファーン一派の本拠地ないし重要拠点を焙り出そうとしたのです。そうした場所には兵力はもちろん、多くの物資や施設、人的資源が集中しています。それを早期に発見する事が出来れば、戦争を大きく短縮する事が出来るでしょう。実際に現実の戦争においても、電撃的な攻撃で首都を陥落させて、数日で決着を付けたケースが散見されています。特に本拠地の場合は、その機能を短時間で移動させる事は難しいですから、ここからしばらくはマクスファーン達にとって危険な時期となるでしょう。つまりキリハ達三人の頑張りのおかげで、私は長期の戦争を描かなくて済むようになりました。ここから戦記物の小説に移行していく訳にはいきませんからね（笑）もちろんこれで完璧だと言うつもりはありませんが、それでも現実の戦争とフィクションの戦争の差を、幾らか埋められたのではないかと思っています。

　現実の戦争といえば、もう一つ問題が存在しています。それはルースさんが操る無人兵器と、現実のドローンについてです。この作品の一巻が発売された二〇〇九年三月の時点では、ドローンはまだ一般的な存在ではありませんでした。また技術的にも初歩の初歩であり、常時オペレーターによる遠隔操作が必要な、ほぼラジコン同然のものでした。例外は一部の先進国が使っているような非常に高価な軍用の無人攻撃機くらいのものであり、それらに限っては自動飛行などのいわゆる現代的なドローンの要件を満たしていました。そんな訳でルースさんの無人機はそれらの考え方を基本とし、より高度なフォルトーゼの技術で作られているという事になりました。こうして空間歪曲技術により三百六十度好きな方向に飛ぶ事が出来、人工知能による半自律制御で歩兵の支援攻撃を行うという、ルースさんの無人機が誕生しました。

　ですが本作が作中で二年経つ間に、現実では十数年の時間が経過。その間にドローンの技術革新が進み、ルースさんの無人機に追い縋ってきました。現在のドローンには人工知能が搭載され始め、ＧＰＳによる誘導やオペレーターの遠隔操作を必要とせずに戦う機体も現れ始めました。また同型の機体と連携する技術も実用化されつつあります。もちろん飛行する技術や武装には依然として大きな違いがありますが、兵器としての運用方法が接近し始めています。これはまずい。作中は二〇一一年ではあるのですが、読み手の皆さんの感覚的には、既に存在するものには新鮮さはあまり感じないでしょう。そこでルースさんにはここで新しい必殺技を習得して貰う事になりました。その結果、彼女は多種多様な無人機を軍隊のように取り扱う、という新しい技術を身に付けました。

軍用ドローンは、まず無人の偵察機として生まれました。その後で攻撃機や自爆攻撃をするタイプが現れて現在に至ります。そして偵察機の出現以降、ずっと自律制御の技術が進歩し続けていました。それらを基本にフォルトーゼの無人機の進歩を想像すると、攻撃機が出現した後に、レーザーで自動的に攻撃機を迎撃するような、対空無人機の出現が想像されます。この対空無人機が出現しない限り、攻撃機や自爆型の無人機が戦場を支配し続ける事になるので、出現はほぼ必然であると考えられます。そうでないと軽量高機動の兵器を使わざるを得ず、重厚鈍足の兵器は戦場に出られません。そして対空無人機が出て来るとこれまで存在しなかった大型の武器を搭載した鈍足の無人機が出現。それに対抗する為に攻撃ヘリや戦闘機のような無人機、あるいは単純に大型の空間歪曲場発生装置を備えた無人機等が出現。このようなイタチごっこを繰り返して、様々なタイプの無人機が生まれて来た筈です。だから私は、現在のフォルトーゼには多種多様な無人機が存在するんだろうと考えていました。

しかし部隊単位で考えると、運用される無人機は一種類か二種類だろうとも考えていました。歩兵部隊が、対空無人機と偵察機タイプの無人機を運用というような感じです。そう考える理由は運用上に問題があるからです。複数の機体を運用する場合、修理用のパーツや弾薬が機体ごとに必要になります。そうなると機体を複数種類運用する事は、長期戦になった時に大きな足枷になってくる筈です。だからフォルトーゼ皇国軍には多種多様な無人機を同じ戦場に同時に投入する発想がありません。かつてはあったのかもしれませんが、既に効率性の名の下に淘汰されていると考えています。従ってルースがそこへ至るのは、例外中の例外と言えます。マクスファーンは手段を選ばず何でもやってくるので、戦いは常に特殊な状況と言えるでしょう。だからルースもあらゆる可能性を検討し、あえて効率を捨てた技術の開発に着手しました。彼女はマクスファーンが敵である場合に限っては、運用の難しさを言い訳にする余裕はないと気付いていたのです。そうした油断のない姿勢が功を奏し、彼女はあのタイミングで鋼鉄の兵団を戦場に送り出す事が出来ました。その戦果は皆さんには既にご理解頂けているかと思います。著者としてもこれで一安心な訳ですが、恐らくまた十数年も経てば、現実でも多種多様な機体同士で連携するドローンが現れるんだろうと思います。ですがその頃にはもう六畳間は完結しているでしょうから、気にしていません。流石にそこまではね（笑）ちなみにこの新技術は、ウォーロード系列とモーターナイト系列の制御技術が下敷きとなっていたりもします。

　ここまで作品の都合とルースさんの強化の理由をお話ししてきましたが、良い感じにページがなくなって来たので今日はこの辺で終わろうと思います。

　この巻を出版するにあたりご協力頂いたＨＪ文庫編集部並びに関連企業の皆さん、毎回私の小難しい話に合わせて様々なイラストをご用意下さるポコさん、そしてこのような趣味に走った作品を変わらず応援して下さる読者の皆様に、心から御礼申し上げます。

　それでは四十七巻のあとがきで、またお会いしましょう。

二〇二四年　六月

健速

HJ文庫 https://firecross.jp/
1178

六畳間の侵略者!? 46

2024年7月1日　初版発行

著者――健速

発行者―松下大介
発行所―株式会社ホビージャパン

〒151-0053
東京都渋谷区代々木2-15-8
電話　03(5304)7604（編集）
　　　03(5304)9112（営業）

印刷所――大日本印刷株式会社

装丁――渡邊宏一／株式会社エストール

定価はカバーに明記してあります。

Printed in Japan

ISBN978-4-7986-3586-6　C0193

ファンレター、作品のご感想お待ちしております

〒151-0053　東京都渋谷区代々木2-15-8
(株)ホビージャパン HJ文庫編集部 気付
健速 先生／ポコ 先生

アンケートはWeb上にて受け付けております

https://questant.jp/q/hjbunko

- 一部対応していない端末があります。
- サイトへのアクセスにかかる通信費はご負担ください。
- 中学生以下の方は、保護者の了承を得てからご回答ください。
- ご回答頂けた方の中から抽選で毎月10名様に、HJ文庫オリジナルグッズをお贈りいたします。

単行本①～⑤巻
好評発売中!
原作／健速
キャラクター原案／ポコ
漫画／有池智実
六畳間の侵略者!?
5
健速
ポコ
有池智実
堂々完結!!!

コミック版
漫画：六畳間の侵略者!?
ファイアCROSS
firecross.jpにて配信中！

無敵な聖女騎士の気ままに辺境開拓 1
聖術と錬金術を組み合わせて楽しい開拓ライフ

著者／榮 三一
イラスト／なたーしゃ

聖術×錬金術で辺境をやりたい放題に大開拓！

名誉ある聖女騎士となったものの師匠の無茶ぶりで初任務が辺境開拓となった少女ジナイーダ。しかし、修行で身につけた自分の力や知識をやっと発揮できると彼女は大はしゃぎで!?　どんな魔物も聖術と剣技で、人手が足りず荒れた畑にも錬金術の高度な知識でジナイーダは無双していく！

HJ文庫毎月1日発売！

バグスキル【開錠（アンロック）】で最強最速ダンジョン攻略 1

ハズレスキル×神の能力＝バグって最強！

『一日一回宝箱の鍵を開けられる』というハズレスキル【開錠（アンロック）】しか持たない冒険者ロッド。夢を叶えるため挑戦した迷宮で、転移罠により最下層へと飛ばされた彼を待っていたのは、迷宮神との出会いだった！　同時にロッドのハズレスキルがバグった結果、チート級能力へと進化して——!?

著者／空埜一樹
イラスト／もきゅ

発行：株式会社ホビージャパン

クラスで一番かわいいギャルを餌付けしている話

著者／白乃友
イラスト／ぶし

お兄ちゃん本当に神。
無限に食べられちゃう！

風見鳳理には秘密がある。クラスの人気者香月桜は義妹であり、恋人同士なのだ。学校では距離を保ちつつ、鳳理ラブを隠す桜だったが、家ではアニメを見たり、鳳理の手料理を食べたりとラブラブで！
「お魚の煮つけ、おいしー！」今日も楽しい2人の夕食の時間が始まるのだった。